Un été exceptionnel

Anne Donguy

Un été exceptionnel

roman

DENOËL

LE MOT DU PRÉSIDENT

La Matmut porte la conviction que l'art doit être partagé et visible de tous. Rendre l'émotion accessible, donner à chacun, sans distinction d'âge, de milieu social ou de faculté physique, la possibilité de s'émerveiller devant une œuvre… c'est là tout le cœur de la politique d'accompagnement culturel dynamique que nous développons, conformément aux valeurs de solidarité et de partage de notre mutuelle.

Musique, spectacle vivant, littérature, arts graphiques et plastiques… tous les projets portés directement ou soutenus par Matmut pour les arts sont ainsi tournés vers la sensibilisation d'un public toujours plus large.

Avec le Prix révélation littéraire Matmut, nous avons choisi d'encourager la création littéraire en accompagnant de nouveaux talents. Neuf plumes prometteuses, parmi lesquelles Anne Donguy, ont ainsi publié, grâce à ce prix, leur tout premier roman.

Sur plus de deux mille candidatures, et après sélection parmi les six finalistes, Un été exceptionnel *a tout de suite fait l'unanimité auprès du jury présidé par l'écrivain Philippe Labro.*

Anne Donguy aborde pourtant ici un sujet difficile, la maladie grave d'un jeune enfant. Elle le fait avec l'intelligence de la pudeur et une grande justesse, parvenant ainsi à livrer un récit très doux malgré la douleur. Elle emprunte pour cela les codes de la littérature scandinave, utilisant la nature pour voyager dans l'intériorité d'Alma, son héroïne, et les paysages pour dévoiler subtilement ses émotions. Comme un retour à l'essentiel. Un style aujourd'hui peu exploité dans la littérature française, ce qui fait d'Anne Donguy une autrice d'autant plus rare.

Nous sommes très heureux de vous la faire découvrir.

Christophe Bourret,
Président du Groupe Matmut

À Paloma, Hugo S., Zoé, Hugo C., Darius, Adème, Camille, Antoine… parmi tant d'autres sourires. La liste est infinie.

À leurs familles. Même la nuit la plus sombre est constellée d'étoiles.

« Ne te détourne pas, par lâcheté, du désespoir.

Traverse-le. C'est par-delà qu'il sied de retrouver motif d'espérance.

Va droit. Passe outre. De l'autre côté du tunnel tu retrouveras la lumière. »

André GIDE

1

Comme tous les étés, la petite maison rouge attend patiemment dans le vent tiède et le frémissement des herbes hautes qu'on vienne la faire vivre. C'est une petite maison lambrissée et peinte en rouge, un rouge terreux, mat et métallique. Les encadrements des fenêtres et de la porte d'entrée sont délimités d'un blanc qui contraste avec le reflet noir des carreaux. Elle n'est pas très haute, on devine à peine qu'il y a deux étages. Le vieux toit de tuiles lui donne un petit air penché. Devant la porte, une terrasse en bois usé se décline en trois marches et atterrit dans l'herbe. Contre le mur, abritée du vent, une méridienne débordant de coussins invite à la paresse et à la contemplation. Dans l'herbe, sous le grand hêtre, quelques chaises et une vieille table en fer semblent attendre que l'on vienne s'y asseoir. Une palissade à l'ancienne rythme à intervalles réguliers le périmètre du petit jardin courant autour de la maison. Étendue sur le granit, la végétation est restée sauvage, née de la rocaille, sans aucun besoin d'entretien. Par endroits, la mousse couvre en plaques vertes et fraîches les rondeurs de la pierre. Le roc s'étire puis cède la place à une herbe folle. Plus loin, entre les marguerites, les lupins mauves et le fusain rampant, quelques fraisiers des bois se multiplient en touffes éparses. Trois ou quatre framboisiers ont élu domicile derrière la maison ainsi qu'un énorme groseillier, gros bosquet de verdure rougissant sous le soleil. Après le jardinet le long de l'allée menant à la maison, peupliers trembles, bouleaux blancs et longs épicéas balancent leur soyeuse frondaison. Devant le portillon, le chemin en terre, large et caillouteux, se laisse déborder de chaque côté.

Dans la maison rouge, il y a l'eau et l'électricité, mais on se chauffe et on fait la cuisine à l'aide d'un vieux poêle à bois. Au sol, le plancher est brut, les murs ont été repeints il n'y a pas longtemps mais on sent qu'ils craignent l'humidité. Le mobilier est simple, ce sont des meubles artisanaux, certains sont peints de couleurs claires ou simplement ornés de motifs champêtres. Dans la cuisine, entourée de chaises en bois, trône une grande table patinée qui a connu d'autres siècles. Le vaisselier est rempli, verres dépareillés, assiettes de toutes tailles. L'évier de faïence est fendu. Les casseroles attendent leur heure sur leur crochet au-dessus du buffet débordant de denrées, conserves de légumes et confitures maison. Il règne dans cette pièce une douce odeur d'épices et d'ail séché. Derrière la cuisine, pour se laver, un ancien réduit a été transformé en salle de bains rudimentaire. De l'autre côté du couloir, dans le petit salon, une cheminée d'angle a noirci le mur côté fenêtre. Un canapé usé mais confortable fait face à deux fauteuils posés sur un tapis fin. Les coussins et rideaux de lin sont parés de broderies aux motifs chatoyants. Lorsque les nuits sont fraîches, on sort les plaids de laine pour se blottir dessous douillettement. Une bibliothèque plie sous le poids des livres et des jeux de société. Un escalier de bois mène à l'étage. En haut, il y a trois petites chambres mansardées, chichement meublées, et encore beaucoup de livres empilés dans tous les coins.

C'est une maison au confort sommaire, une cabane pour grands enfants venus jouer dans les herbes hautes sous le soleil estival. On y vient pour profiter des beaux jours. Elle est posée là depuis des lustres. Tout est calme, ordonné, à sa place, ni trop ni trop peu. C'est une maison qui n'a pas l'habitude d'être dérangée ni de supporter de grands bouleversements. La vie lui passe au-dessus comme un banc de nuages blancs et épais.

2

Bien sûr qu'Alma s'en est rendu compte. Ils en ont parlé avec Philip. Ce bras gauche qui a l'air de vouloir vivre sa vie, qui s'emballe au moindre mouvement, indépendamment des ordres que Tom pourrait lui donner. Ce bras qui ne bat plus la mesure correctement, qui ne mène plus le verre d'eau à la bouche, qui n'aide plus la main à dessiner… Alma est consciente qu'il y a quelque chose qui ne va pas mais elle n'arrive pas à savoir quoi. Elle ne veut pas s'inquiéter inutilement, elle n'en a pas le temps, elle a tant d'autres choses dans la tête ! Elle devrait peut-être quand même aller voir un pédiatre ? Allons, c'est sûrement bénin. Juste un petit grain de poussière dans le grand rouage de la mécanique du corps. Car, hormis ce bras au comportement étrange, Tom va bien, il n'y a qu'à le voir jouer comme en ce moment. Non, vraiment… C'est un muscle élongé, une articulation grippée, un nerf coincé peut-être ? Un je-ne-sais-quoi lié à la croissance de l'enfant ? Ou un peu de fatigue ? L'année scolaire est bientôt terminée, l'école va fermer ses portes sur ses salles délaissées, les enfants vont pouvoir souffler, il est grand temps… Elle sourit. Ce sera aussi la fin de la tranquillité pour elle, il faudra bien l'occuper, ce garçon, pendant les deux longs mois d'été ! Tout de même, c'est vrai que c'est étrange, ce bras. Si elle devait être honnête, cela la tracasse quand même un peu.

Étendue sur le divan, discrètement, elle observe une fois encore son fils. Il est à genoux devant des files de petites voitures. Elle l'entend parler tout bas, il doit se raconter des histoires, et elle voit bien cette main gauche qui n'a pas le geste sûr, qui va et vient, flottante et désordonnée, avant de finir par se poser maladroitement là où l'enfant semblait l'avoir décidé. Elle se répète intérieurement, essaie de s'en convaincre, quelque chose est déréglé mais rien de grave, vraiment. Tom sent le regard d'Alma sur lui. Il interrompt son monologue, se retourne pour lui sourire, puis reprend son jeu.

Alma saisit son livre mais son esprit est ailleurs. Elle lit et relit la même phrase plusieurs fois, elle ne la comprend pas, ses yeux survolent la ligne sans en saisir le sens. Elle a mille idées dans la tête, mille choses à régler, l'été à préparer dans la maison rouge, les plans de Philip et son emploi du temps pour les vacances, et puis leur voyage à tous les trois, le départ prévu dans moins de deux mois… Elle pose le livre et ferme les yeux en espérant que toutes ces pensées s'arrêteront avec le noir derrière ses paupières. Elle s'étire, bras en l'air au-dessus de la tête, essaie de se laisser aller à la douceur du moment. Elle entend l'enfant qui vient gaiement vers elle d'un petit pas sautillant. D'un bond vif, il s'allonge sur elle de tout son long comme sur un matelas. Il rit de sa surprise. Elle accuse le choc et rit avec lui, l'embrasse, lui caresse les cheveux. Ils restent ainsi un petit moment, mère et fils collés, paisibles, tranquilles. Puis Tom, satisfait et comme repu, s'en retourne à ses jeux. Il trottine, sa course est normale. Juste le bras gauche qui ne suit pas vraiment. Ce n'est rien, un médecin pourra sûrement le confirmer. Tous les enfants ont à un moment ou à un autre ce problème de coordination, mais rien de grave, vraiment.

3

— Tom, attention ! Tu vas renverser ton verre !

L'enfant est tout étonné. Il voulait boire et la moitié du liquide a atterri sur lui.

Il dit que ce n'est pas grave, ça va sécher. Il s'éponge et repart, pas plus troublé que ça, entièrement pris par ses activités. Alma et Ellen le suivent du regard.

— Tu as vu sa main ? demande Alma. C'est fou, regarde comme elle bouge. C'est comme ça tout le temps maintenant. Il n'arrive plus à tenir un verre plein ou un crayon, il écrit comme un cochon. Il ne peut plus faire ses lacets, il n'arrive plus à emboîter une pièce sur un puzzle. Il est devenu maladroit comme pas permis, c'est vraiment étrange ! En fait, s'il ne se concentre pas, on a l'impression qu'il ne contrôle plus son bras…

Ellen jette un regard rapide à sa sœur. Elle appelle Tom, qui revient vers les deux femmes en courant. Ellen lui tend son verre d'eau.

— Tiens, chéri, tu n'as pas bu assez tout à l'heure.

Tom a l'air de réfléchir, a-t-il bu suffisamment ? Il hausse les épaules et prend le verre, qui instantanément danse au bout de son bras. Il rit comme pour s'excuser, puis saisit le verre à deux mains et le vide en deux gorgées. Il le repose sur la table et repart aussitôt jouer.

— Tu vois ? Franchement, c'est curieux, tu ne trouves pas ?

Ellen se tait quelques secondes. Alma voit bien qu'elle cherche ses mots.

— À l'hôpital où je travaille, les docteurs font faire des petits tests très simples aux patients pour détecter d'éventuels problèmes moteurs. Il y en a plein, tous différents. Par exemple, n'importe quelle personne normalement constituée est censée pouvoir toucher son nez avec son doigt, des deux côtés, main gauche et main droite, sans que cela ne pose problème. Si tu n'y arrives pas, c'est que quelque chose ne va pas.

Alma regarde sa sœur. Ce qu'elle entend la dérange. Ce qu'elle imagine encore plus. Elle sait que Tom est incapable de toucher le bout de son nez avec son doigt. Elle ne lui a pas demandé de faire le geste, mais elle sait que cela lui est impossible. Tout simplement. Sa main ressemble à une feuille légère bercée par le vent, qui mène sa propre vie. Elle n'ira jamais jusqu'au nez. Alma ne comprend pas ce que cela signifie. Elle se trouve devant une sorte d'impasse dans laquelle elle n'a aucune envie de s'engager. Cela ne peut pas être, comme Ellen le sous-entend, un trouble neurologique. Rien que le terme lui glace le sang. Tom n'a eu aucun accident, fait aucune mauvaise chute récemment. Elle le saurait, tout de même, s'il avait subi un choc, un traumatisme grave. C'est peut-être à force de travailler à l'hôpital, de côtoyer des patients accidentés qu'Ellen a ce genre d'idées ? Non, en fait, Ellen a depuis toujours été très angoissée, beaucoup plus qu'elle. Ce doit être fatigant d'être sur le qui-vive tout le temps. Elle, cela la minerait à la longue, forcément.

Ellen appelle Tom de nouveau en lui faisant signe et il revient, docile. Elle lui propose de faire un petit jeu. Il doit l'imiter. Elle met son index droit sur son nez, puis le gauche, et recommence, droite, gauche, droite, gauche. Tom pose son index droit sur son nez, puis lève la main gauche. Son index gauche se met à tanguer sans arriver à s'arrêter. L'enfant, déconcerté, éclate de son beau rire doré.

4

Depuis la maison d'été, il faut une petite dizaine de minutes pour se rendre au village et y trouver un ensemble de maisons typiques, une vieille épicerie, une maison communale et une petite église et son clocher qui se reposent à côté du cimetière. Autour ce sont des bois et des champs. Dans cette campagne verdoyante, des lièvres aussi gros que des renards courent, rapides malgré leur taille, et parfois des chevreuils s'aventurent jusque dans les jardins, sautant allègrement par-dessus les haies et les clôtures.

Entre le village et la maison, le lac des Longues-Eaux porte bien son nom. Il a la forme d'une langue étroite et courbée qui s'étend d'est en ouest, ouvrant une brèche bleue dans ce paysage plat. D'où que l'on soit, on en voit toujours le rivage opposé. De part et d'autre, des maisons et leurs jardins occupent les rives, puzzle multicolore entrecoupé de bosquets et de rochers affleurant. Un sentier essaie de faire le tour du lac, mais on ne peut pas toujours longer l'eau à cause des terrains privés. La balade reste cependant très agréable, teintée de ce charme désuet et suranné des hameaux d'autrefois.

Le lac s'étire sur deux petits kilomètres et se replie à la hauteur de la plage publique, le terme plage est sans doute un peu exagéré. Il s'agit là d'un point de la berge où l'on trouve un peu de sable et de l'eau dormante dans laquelle les enfants peuvent jouer. Un modeste petit café idéalement situé propose, à la belle saison, boissons fraîches et glaces parfumées.

Le lac n'est pas très profond et l'eau chauffe agréablement dès les premiers beaux jours, puis durant tout l'été. Contrairement aux autres étendues d'eau alentour, son étroite superficie lui permet de tiédir rapidement. Il est alors possible d'y plonger sans trop hésiter.

Ici, l'été est clément. Il est rare d'atteindre des températures extrêmes, l'air marin arrive jusque dans les terres, et la latitude ne laisse jamais place à une chaleur écrasante. À l'arrivée des beaux jours, les longues heures s'étirent paresseusement dans le vent adouci. Le soleil est toujours le bienvenu, jamais brûlant. Il envahit petit à petit l'espace pour devenir omniprésent. Sa lumière façonne le paysage, il en est le matériau incontournable, l'élément constitutif, le cœur incandescent.

5

Le week-end touche à sa fin. C'est un des premiers où l'été ose se révéler. Les sensations sont plus suaves, les odeurs plus marquées. Les journées sont devenues longues au point de se fondre les unes dans les autres tant la nuit peine à se montrer. Personne n'a vu l'heure passer, la soirée est déjà bien entamée. Philip est reparti pour la semaine faire le tour de ses clients avant les grandes vacances. Ellen s'apprête à rentrer chez elle, triste de quitter son neveu. Elle adore leurs heures remplies de jeux. Elle aime tellement cet enfant qu'elle pourrait passer sa vie avec lui. Dans la chambre, Alma lui rapporte quelques affaires qu'elle avait laissées traîner. Penchée sur sa valise, Ellen en profite pour lui parler.

— Écoute, Alma, je ne voudrais surtout pas t'affoler, mais à ta place, j'irais consulter un médecin. Ce problème avec la main de Tom, ce n'est quand même pas tout à fait anodin…

— Je vois bien, mais enfin, Tom est un petit gars vif, qui ne tient pas en place, tu le sais aussi bien que moi. Il veut tout le temps faire mille choses à la fois, il veut toujours aller vite. Il est en pleine croissance, il existe sûrement des milliers d'explications…

— Oui, bien sûr. Mais là, ce n'est pas juste un petit souci, une gêne musculaire ou un gamin maladroit. Alma, je ne veux pas te faire peur, mais c'est plus embêtant que ça. Je te parle de quelque chose au niveau du cerveau, des nerfs, du contrôle de la motricité, peut-être même des fonctions vitales…

Ellen ne parvient pas à soutenir le regard de sa sœur. Comment peut-on être sœurs et aussi différentes ? Alma a un tempérament aux antipodes de celui de sa cadette. Elle est d'un naturel léger, l'optimisme vissé au corps. Ellen a toujours été plus sombre, pragmatique. Petites, on n'avait aucune peine à les différencier. Ellen avait déjà cette image sévère, elle, la sérieuse, la pas drôle, inquiète et sombre comme un ciel de neige. Alors qu'Alma, ce que l'on retenait d'elle, c'était son sourire d'étoile et ses yeux de feu, une fille tout en reflets, une étincelle.

Alma décide de ne pas la contredire au moment de se séparer. Toutes deux ont en commun d'avoir horreur du conflit. Elles ont appris à gérer leurs différends et à éviter la querelle vaine.

— Très bien. Je prendrai rendez-vous avant notre départ. Je suis tellement occupée en ce moment, entre les déplacements de Philip et l'été qui approche, l'installation dans la maison d'été, il faut penser à tout, et puis il y a le voyage que je dois finir d'organiser…

— Je peux m'occuper de prendre rendez-vous à l'hôpital, si tu veux, propose Ellen.

Alma rit de bon cœur.

— Tu insistes ! Je me débrouillerai, ne t'inquiète pas. Le médecin d'à côté nous connaît bien, il ne refusera pas une petite consultation de cinq minutes en fin de journée pour clarifier les choses. Et oui, ajoute-t-elle en saisissant la main de sa sœur pour la serrer entre les siennes, je te tiendrai au courant.

Ellen regarde Alma de son air grave de sœur sérieuse. Elle a beau être la benjamine, c'est elle qui tient le rôle de l'aînée, c'est elle la plus raisonnable, la plus responsable. Alma évolue dans un univers où rien n'est jamais important. Tout est légèreté, comme si la vie n'était qu'un jeu drôle et réjouissant. Elle n'est pas vraiment inconséquente, elle ne semble simplement jamais concernée. Ellen secoue la tête en soupirant. D'un geste las, elle ferme sa valise. Elle se retourne pour faire face à sa sœur.

— En fait, je suis vraiment très inquiète, Alma. Jure-moi d'aller voir quelqu'un rapidement.

6

— Bonjour, docteur.

— Bonjour, madame, entrez, entrez. Bonjour, bonhomme.

Tom entre en tenant la main de sa mère. Il répond bonjour poliment. Il connaît bien le docteur, un homme doux et affable.

— Alors, dites-moi tout. Qu'est-ce qui vous amène aujourd'hui ?

Alma explique. La main qui tremble, qui mène sa vie, qui fait un peu comme elle veut. L'inquiétude d'Ellen. La promesse d'aller voir un docteur. Ses propres interrogations. Lorsqu'elle termine, elle a une voix de petite fille, comme si elle s'excusait d'être venue le déranger.

Le médecin regarde Tom qui sourit, assis sur sa chaise, les jambes en balancier, un peu absent, et lui rend son sourire.

— Un tremblement dans la main gauche, dites-vous.

— Oui, il l'a depuis... Déjà quelques semaines ? Quand exactement, je ne sais pas trop. Mais c'est vrai que depuis quelque temps il est devenu extrêmement maladroit. On se disait, avec mon mari, que c'est peut-être un problème mécanique, une tension musculaire ? Ou bien un trouble de la croissance, ou de la fatigue, à cet âge c'est courant, non ? Et puis on va bientôt s'installer dans la maison d'été pour les vacances, ça peut être de l'excitation ? À part ça, il va très bien ! C'est un garçon joyeux, vivant, très sociable, qui marche bien à l'école, qui a plein d'activités… Un petit gars de huit ans, quoi !

— Je comprends. Voyons ça. Je vais t'ausculter, bonhomme. Tu viens ?

L'homme a des gestes tranquilles, il est gentil et aime les enfants. Lui-même en a cinq et ses yeux brillent lorsqu'il parle d'eux.

Le docteur commence l'examen. Taille, poids, température, tension. Tom est docile. Il s'exécute. Puis vient le test de coordination. Le même que celui d'Ellen. Il doit toucher son nez avec son doigt. Il s'amuse de devoir refaire ce jeu si drôle. Il laisse dévier sa main gauche sans trop s'en soucier. À nouveau, elle n'atteint pas son but. Elle avance, puis tremble, part à la dérive. Le doigt ne se stabilise pas à hauteur du nez. Tom se cogne la joue avec sa main et décide d'en rire encore une fois.

— C'est bien, merci, Tom.

L'enfant retourne vers sa mère en pouffant. Alma lui caresse gentiment la tête. Elle ne veut pas s'alarmer devant lui. Bien sûr qu'il y a quelque chose. C'est une évidence désormais. Mais elle refuse encore que cela puisse être grave, elle refuse de se fier à l'expression impénétrable du médecin qui écrit sur son bloc d'ordonnances. L'air de la pièce s'est fait plus dense, le silence aussi. Il n'y a que le bruit du stylo sur la feuille.

— Vous allez vous rendre à l'hôpital passer une IRM de contrôle. À votre arrivée, allez directement au service d'imagerie médicale, je les appelle pendant que vous êtes sur la route. Ils doivent être encore ouverts à cette heure, mais dépêchez-vous. Si vous ne traînez pas, ils vont certainement pouvoir vous prendre aujourd'hui.

Alma est un peu déconcertée devant cet empressement mais elle n'a pas le temps de réfléchir. Il faut filer à l'hôpital. En dix minutes, ils devraient pouvoir y être. Il est effectivement un peu tard, normalement, les services de jour ferment à cette heure-ci. Mais les vacances approchent, le médecin veut certainement éviter de reporter l'examen à septembre, car, pendant l'été, même les hôpitaux tournent au ralenti. Alma ne peut que se réjouir : une IRM aujourd'hui et ensuite on n'en parle plus. Cela rassurera complètement Ellen. Ce n'est finalement pas si mal. Dans la précipitation, il ne lui vient pas à l'idée qu'une IRM n'a rien d'anodin. Alma pense que Philip n'est pas à la maison, elle n'a donc pas à le prévenir tout de suite de ce contrôle inopiné. Elle prend son fils par la main et salue d'un geste de la tête.

— Merci, docteur.

— Filez, je fais en sorte qu'ils vous attendent.

Le médecin lui serre la main, un peu plus fort, un peu plus longtemps qu'à son habitude. Il hésite avant d'ajouter :

— Bon courage.

7

Depuis la maison rouge, si l'on emprunte le chemin vers l'est, caché derrière un rideau d'arbres et une ancienne maison de maître, on débouche sur une modeste prairie aérée, plantée de pommiers séculaires et d'un grand chêne que l'on dit immortel. À son extrémité, un ponton de bois repose sa longue silhouette entre la rive et l'eau du lac. Il est possible de se baigner depuis les rochers ou d'autres pontons aménagés, mais celui-ci est idéalement situé, un peu plus isolé, bien abrité du vent et surtout très bien exposé, le soleil donnant sur la rive du matin jusqu'au soir. L'endroit est splendide et cependant souvent délaissé.

En ce lieu, le rivage garde le frais sous une frange d'herbes hautes et de roseaux bruissants. Quelques peupliers trembles ont élu domicile dans la terre humide. Au pied du ponton, un vieux saule pleureur répand en cascade ses branches-lianes. Dans la lumière, ses délicates feuilles lancéolées luisent d'un beau vert translucide. Le ponton étroit et délavé est composé de planches assemblées en ligne droite. Les interstices ressemblent à de fines hachures lumineuses. Il s'achève en une petite plateforme encadrée d'une rambarde surplombant le lac. Posé dessus, un banc permet de laisser une serviette le temps d'un plongeon. Une marche en bois sur laquelle s'appuie une échelle métallique descend vers l'eau. On peut, selon son envie, plonger la tête la première ou descendre franchement et sans hésiter les barreaux de l'échelle. Si le ponton est charmant, on ne s'y attarde guère. Il n'est pas question de paresser ou de lézarder au soleil ici, mais simplement de venir se rafraîchir au contact de l'eau. On ne reste jamais longtemps sans rien faire, ce n'est pas tellement dans l'esprit du lieu. Le lac constitue une attraction fraîche et brève pendant la belle saison. La baignade a ce goût irremplaçable des jours resplendissants.

8

À l'hôpital, Alma et Tom trouvent rapidement le service d'imagerie médicale. Effectivement, ils sont attendus. L'infirmière est gentille et, même s'il est tard, même si elle aurait dû finir son service il y a quelques minutes, elle prend le temps d'expliquer la procédure à Alma et de rassurer son fils.

Devant la grosse caisse de résonance, Tom fait le curieux. Alma n'a jamais eu besoin de faire ce type d'examen. Elle le lui dit. Elle dit comme ça :

— Tu te rends compte ? Moi je n'ai jamais passé d'IRM.

Il en retire une certaine fierté.

— Tu vois le trou dans le gros tube, c'est là où on installe les patients, lui indique l'infirmière. Toi, tu seras allongé, comme dans ton lit, sauf que c'est moins confortable.

Tom ne semble pas du tout impressionné. L'infirmière continue ses explications.

— Une fois à l'intérieur, ce n'est pas rigolo, tu verras, mais tu n'as pas de raison d'avoir peur. Il n'y a rien à craindre, ça ne fait pas mal. C'est juste qu'il y a beaucoup de bruit. On te mettra des bouchons d'oreille. Certaines personnes mettent un casque avec de la musique, mais le casque est trop grand pour la tête des petits enfants. On est obligés de la laisser faire tout ce bruit, la machine. C'est comme ça qu'elle fonctionne pour prendre les images à l'intérieur de ta tête. Et toi, tu ne dois surtout pas bouger.

Tom garde son petit air serein même s'il semble maintenant un peu plus réticent à l'idée de se glisser dans l'engin. Il s'allonge, se laisse faire, tête calée avec un dispositif de fortune qui lui enserre le crâne, surmonté d'un petit miroir pour pouvoir garder un contact visuel avec sa mère. On lui glisse dans la main un bouton pressoir qu'il peut actionner s'il a besoin d'appeler. Il fait le brave, il dit qu'il n'a pas peur. Alma a le droit de rester dans la salle. Elle sera postée à ses côtés tout le long de l'examen. Elle lui murmure Ne crains rien, je suis là. C'est elle qui tremble. On lui redit que c'est important qu'il reste le plus immobile possible.

La prise d'images commence. La machine démarre et se met à résonner. Une fois en route, l'appareil cogne, frappe, sonne avec une intensité qui vrille les oreilles et fait vibrer toute la salle. Tom sursaute. Le bruit répétitif et perçant l'effraie. Il est de bonne volonté, il comprend bien qu'il ne doit pas bouger, pas pleurer, mais c'est plus fort que lui. Il est terrorisé. Il appuie sur le bouton, il appelle sa maman. Il a mal aux oreilles, il a peur de ce vacarme assourdissant, il explique qu'il redoute de voir la machine lui tomber dessus. Alma essaie, en vain, de le rassurer, mais elle est à court de mots, elle manque d'idées devant ce fracas de sons effrayants. Tom lui rappelle qu'elle ne sait pas de quoi il s'agit, qu'elle n'a jamais eu à se glisser dans le ventre froid de l'engin. À la deuxième tentative, c'est pire, Tom se met à pleurer. Il a peur de se faire avaler. Il assimile la machine à un ogre affamé et féroce, hurlant de faim, qui engloutirait ses petits.

Les larmes d'appréhension de Tom secouent Alma. Elle voudrait tant pouvoir le réconforter. Elle voudrait calmer le cœur de son fils qui cogne si fort. À chaque intervalle de silence laissé par la machine, elle murmure des encouragements, le caresse, lui touche la jambe, la main. Elle ne supporte pas de voir son petit menton trembler, sa bouche en demi-lune triste, les larmes qui roulent silencieusement sur ses joues d'enfant. Elle voudrait recueillir son visage dans ses paumes comme un oisillon tombé du nid. À défaut, elle essaie de lui insuffler un peu de courage en lui souriant dans le petit miroir, en serrant fort ses doigts dans sa main froide. Elle sent l'infirmière perdre patience.

— Il faut qu'il arrête d'interrompre l'examen, il faut qu'il reste immobile. Encore vingt minutes, madame, s'il vous plaît, expliquez-lui.

Au bout du troisième essai, Tom s'est un peu calmé, il décide de faire confiance aux adultes, à l'infirmière, à sa mère. Il a les lèvres serrées, les yeux pleins de larmes. Il se laisse manger.

9

Après l'IRM, Alma aide Tom à se rhabiller. Il est maintenant très, très fier. Il se vante un peu, finalement ce n'était pas si impressionnant. L'infirmière est contente, les images sont bonnes, dit-elle, et elle s'éloigne d'un pas rapide en les saluant. C'est la fin de son service, elle a dû accepter de rester plus longtemps pour réaliser cet examen, Alma lui en est silencieusement reconnaissante. Elle se retrouve de nouveau avec son fils dans la salle d'attente. On leur dit qu'on va lire les images et leur donner les résultats dans la foulée. Mais, pour l'instant, ils doivent patienter.

Une heure après, ou peut-être deux, un médecin, accompagné par deux internes, les accueille dans un bureau. De nouveau, il procède aux examens de routine. Mesures puis tests d'équilibre et de coordination. Encore une fois, Tom fait tout ce qu'on lui dit. Las, il a perdu son rire lorsqu'il rate son nez. Alma se mordille la lèvre. Les internes observent, prennent des notes. Ils échangent entre eux de courtes phrases obscures et mystérieuses. Le médecin a l'air pensif, il évalue, propose d'autres tests, des nouveaux, marcher sur une ligne droite, se tenir sur un pied. Ça dure un petit moment, de toute manière le temps a perdu sa consistance, les heures s'écoulent et n'ont aucun sens. Ce sont des heures molles, vides, sans début ni fin, sans goût ni couleur. Une sorte de temps en apesanteur.

Le docteur sort, puis revient avec les internes dix minutes ou trois heures plus tard, Alma ne saurait dire. Ils ont tous l'air vraiment préoccupé. Aucun d'entre eux ne la regarde en face.

— Nous sommes inquiets au vu des images, madame. Nous allons faire venir le professeur Persson, chef du service de neurochirurgie, pour qu'il confirme notre diagnostic.

Ils ressortent tous les trois, l'un après l'autre, l'air contrit. Alma ne sait que dire, que penser, elle sent qu'elle peut perdre pied. Ils sont déjà loin quand elle a la présence d'esprit de demander :

— Pouvez-vous me dire ce qui se passe, s'il vous plaît ?

10

— Bien. Il peut toucher son nez avec son doigt ?

Pour la énième fois de la journée, Tom s'exécute devant le professeur. Il tente de nouveau ce geste qu'il n'arrive pas à faire aboutir. Il a beau essayer, se représenter le mouvement dans sa tête, son bras se lève, sa main s'approche de son visage, mais dès qu'il tend le doigt, l'action devient imprécise, saccadée. Jamais le doigt ne se pose sur le bout de son nez.

En attendant l'arrivée du chef de service, Alma et Tom se sont retrouvés dans la salle d'attente des urgences qui ne désemplit pas. Tom est fatigué mais ne dit rien. Il doit sentir la tension qui enveloppe chacun des gestes d'Alma, chaque mot, chacune des intonations de sa voix. Alma finit par appeler Philip pour lui expliquer qu'ils passent des examens à l'hôpital. Elle se force à prendre un ton enjoué, lui parle avec une voix presque gaie pour ne pas affoler Tom. Elle précise quand même que c'est probablement plus grave que ce qu'ils ont imaginé. On parle d'une tache sur l'image, dans la tête, en plein milieu du cerveau. Philip se veut rassurant. Il faut attendre les résultats, l'avis du professeur. Surtout ne pas se faire de film, ni dans un sens ni dans l'autre. C'est la meilleure option. Philip lui dit qu'il va écourter son voyage, prévenir ses clients. Il l'embrasse en attendant. Ils sont inquiets maintenant tous les deux. Et puis, ils s'en veulent un peu.

Alma et Tom ont à peine touché au plateau-repas gentiment apporté par un aide-soignant qui a dû avoir pitié d'eux. Dehors, la nuit a gagné l'hôpital, tout serait calme sans le va-et-vient des ambulances, des urgentistes, des petites plaies et des cas désespérés. Les lumières artificielles, irréelles et brutales, rendent la salle d'attente encore plus inhospitalière.

Le professeur Persson arrive très tard. C'est un homme encore jeune, à l'air sérieux et sûr de lui. Il se drape dans sa blouse blanche comme dans la toge d'un empereur. Il prend un air supérieur et froid, ne sourit pas. Alma le déteste tout de suite, d'un coup, c'est épidermique. Même s'il est un grand ponte, rien ne l'oblige à être arrogant. Compense-t-il sa petite taille et son jeune âge avec cette grande blouse ? Il a l'air d'un enfant déguisé.

Il est 1 heure du matin, Tom s'exécute à sa demande. Le doigt, le nez. Le professeur ne lui parle pas directement, ne le regarde pas dans les yeux une seule fois, ne lui adresse même pas ne serait-ce que l'ombre d'un sourire. Tom n'est qu'un diagnostic à confirmer. Une infirmière se tient un peu en retrait et sourit gentiment au garçon comme pour excuser la rudesse inconvenante de son supérieur. Celui-ci finit par dire, comme pour lui-même :

— Je vois. Bien.

Il prend un temps de réflexion, puis il lance à la ronde en sortant de la pièce d'un pas nerveux :

— Il reste ici. La mère, vous me suivez.

Tom peut rester avec la gentille infirmière. Soulagé, il se met à lui raconter les étapes de cette longue journée. La jeune femme adresse un dernier sourire triste à Alma pour la rassurer, elle veillera bien sur son petit garçon. Alma doit presque courir pour suivre le professeur qui a déjà emprunté le couloir sombre. Il marche vite malgré sa taille, elle essaie de garder la cadence. Ils entrent dans un bureau étroit et impersonnel. La lumière est encore plus fade que dans la salle d'attente, elle accuse davantage les traits du professeur. Alma sent une angoisse monter le long de son dos comme une grosse araignée. Elle essaie de maîtriser sa respiration pour ne pas laisser la peur la gagner. Elle sent intuitivement que ce qu'elle est en train de vivre s'inscrit en elle à jamais, une empreinte profonde et durable, une meurtrissure. Une plaie béante.

— Qu'est-ce qu'on vous a dit jusqu'ici ?

— Ce n'est pas très clair. On m'a parlé d'une tache, une masse, enfin une boule, une sorte de kyste…

Alma essaie de sourire, de se détendre, de calmer la nervosité qui s'empare d'elle. Elle cherche du regard une approbation. Le professeur réprime une sorte de gloussement. Il lance :

— Non, pas vraiment, hein, ce n'est pas un kyste, c'est une tumeur.

De nouveau il a une sorte de bruit de gorge, une sorte de rire bref, hautain, et conclut avec suffisance :

— C'est un cancer, quoi.

11

L'été est bien là. Toute la campagne s'anime, gorgée de vie. La couleur du lac prend une intensité qu'on ne connaît qu'à cette période de l'année, lorsque le ciel au-dessus porte le bleu comme un étendard et le vent oublie de chanter. Le lac n'est plus qu'une immense surface lisse sans aucune aspérité, aucune irrégularité. Il semble refléter le passage des jours. Le temps passe à l'infini et semble soudain s'arrêter, inquiet ou soulagé d'en finir de courir.

De part et d'autre du lac, les joncs poussés par le vent murmurent à longueur de journée. Laissées à l'état naturel, les roselières bruissent dans le souffle léger. Au-dessus d'elles, reconnaissables entre tous par leurs troncs blanc et noir, les bouleaux s'observent d'une rive à l'autre et versent leur ombre frêle à ras de terre. Les arbres sont d'ailleurs nombreux sur la rive. Hêtres, peupliers, saules forment un doux écrin épais autour des eaux précieuses du lac. Le vert de leurs feuillages est si intense qu'il donne l'impression de générer de la lumière. La nature a ici la beauté tranquille d'une jeune femme épanouie.

Les eaux paisibles et peu profondes du lac constituent

l'habitat de nombreux poissons agiles mais discrets. Tanches, carpes, perches et autres brochets, amateurs d'eau douce, naviguent dans le fond saumâtre, à quelques mètres seulement des pieds des nageurs, sans jamais les toucher. Seuls quelques pêcheurs patients guettent leurs proies du bout de leur hameçon.

À quelques brassées du ponton, des lys d'étang s'étirent sur l'eau stagnante. Les nénuphars se développent en larges bouquets aquatiques, étalant leur feuille florale en surface. Ces îlots de verdure sont le repaire de nombreux oiseaux. Les petits viennent y poser leurs jeunes pattes maladroites et repartent ensuite dans le sillage des adultes. Puis en file indienne derrière leurs aînés, ils rejoignent l'ombre protectrice des roseaux abritant leur nid. À l'écho du vent et de la brise sur l'eau s'ajoutent leurs pépiements incessants qu'on peine à distinguer, tant la végétation a le verbe haut. Ils l'invectivent, défient son incessant bruissement. Même les jours sans vent ne sont jamais silencieux. Ils battent la mesure de leurs vols réguliers, leurs mouvements dans les branches, leurs baignades, leurs jeux dans l'eau. On a l'impression que tout est calme mais le silence résonne de sons d'oiseaux : c'est une forêt de bruits délicieux.

Parmi les habitués qui nichent dans les ajoncs, les foulques agitent la goutte blanche qu'ils portent sur le sommet de leur tête dans leur plumage noir au-dessus des flots bleus. Le mâle, quand il ne plonge pas, s'affaire sans cesse pour consolider le nid familial avec des algues et des branchages. Les grèbes huppés, très bons plongeurs, disparaissent sous l'eau pour ne refaire surface qu'après une longue apnée. Les sternes pierregarin, blanches et grises, fendent la quiétude du ciel de leur vol gracieux au-dessus du lac. Les hérons, plus timides, baladent leur fine silhouette cendrée dans l'ombre des bouleaux et enfouissent leur long bec dans la terre à la recherche de nourriture. Les canards se pavanent et promènent leur progéniture à la queue leu leu, sereins et confiants. Toutes ces communautés vivent ensemble aux abords du lac, à peine troublées par les plongeons répétés des enfants et les brasses longues et lentes des nageurs en plein effort, traversant d'une rive à l'autre l'eau débonnaire et tranquille.

12

Tom et Alma ont été installés dans une chambre par l'infirmière de garde. Elle a essayé d'arranger au mieux la minuscule pièce encombrée par les deux lits. Quand Alma éteint la lumière blafarde du néon, elles se rendent compte que la petite lampe près du lit ne fonctionne pas. L'infirmière s'en excuse, mais Alma la rassure, ce n'est pas grave, elle préfère rester dans le noir. Il fait nuit dehors et l'hôpital est plongé dans la pénombre. Seule la lumière verdâtre des issues de secours traîne dans les couloirs. Il ne doit pas être loin des 2 ou 3 heures du matin. Tom s'est vite endormi, épuisé par cette journée qui n'en finissait pas. Alma s'assoit sur le bord de son lit. Elle ne bouge pas, se contente de caresser inlassablement la tête de son enfant. Elle vient d'apprendre l'inconcevable, le pire pour un parent. On vient de lui annoncer que son tout-petit est gravement malade, que ses jours sont comptés, qu'il peut mourir. À l'annonce du professeur, à son ton, à sa voix, aux mots énoncés, Alma a bien compris que la mort était entrée dans sa vie par la grande porte. Inopérable, irréversible, incurable, ce sont les mots qui pèsent dorénavant sur la tête de son fils, sur ce qu'elle a de plus précieux. Des termes désespérants, dévastateurs, qui peuvent anéantir toutes les raisons d'être d'une existence. Le mot cancer est aussi acéré qu'un couperet, une lame aiguisée qui vous traverse de part en part, vous déchire de l'intérieur, coupant les liens avec le reste des humains. Un mot qui rend quelqu'un, même un petit garçon plein de vitalité, immédiatement mortel. C'est un mot vampire, suceur de vie.

Pour autant, Alma ne dirait pas qu'elle a peur. Non. Ce qu'elle ressent, c'est une douleur persistante, un sentiment profond d'insécurité. Elle n'aura plus jamais cette légèreté, cette insouciance des vies sans histoires. Elle a l'impression que l'information se diffuse en elle, pour le moment, qu'elle fait des volutes dans son corps comme un sachet de thé diffusant ses arômes et colorant l'eau d'ambre. C'est fou comme un instant peut faire basculer une existence. Y a-t-il un avant et un après ? Lorsque l'on brise une vie, est-ce que la cassure est aussi nette et précise que celle laissée sur un objet tombé au sol ? Il paraît que, sur une image médicale, on peut distinguer dans le cerveau la marque d'un choc émotionnel. Alma a-t-elle maintenant un signe distinctif imprimé dans les plis de ses pensées ?

Assise sur le lit, elle regarde par la fenêtre. Le parking noir est quasiment désert, la vue déprimante. Il faut qu'elle appelle Philip. Elle prend son portable. Il est sur la route, dans la voiture. Elle lui demande de s'arrêter. Au ton de sa voix, il comprend. Il se gare sur le bas-côté. Annoncer la nouvelle, dire les mots, les prononcer provoque chez Alma une violente secousse, une onde de choc. La violence des mots d'hôpitaux. Philip, Tom a un cancer. Ils rendent la réalité tangible, on dirait qu'ils la créent. Cancer, tumeur. Les mots cinglent, sifflent et font mal, si mal, cuisants comme un coup de fouet qui cisaille la peau et laisse une morsure indélébile, une entaille dans laquelle la désolation vient se nicher. Chaque mot prononcé est comme une pointe effilée qui se fiche dans la chair, ouvre la plaie. Philip les reçoit, les entend. Il subit à son tour le pouvoir négatif des mots. La dureté de ces mots.

Chacun à un bout du fil, ils partagent la nouvelle avec des paroles sourdes qui traduisent si mal ce qu'ils ressentent. Aucun terme ne semble pouvoir exprimer les sentiments qui les traversent. Ils sont perplexes, sonnés. Ils n'arrivent pas à intégrer l'information. Ils sont pris dans la tourmente de leurs émotions, incrédules et déjà décomposés.

Une seule chose semble évidente pour Alma à ce moment précis. On ne mettrait pas au monde des enfants si on pensait dès leur naissance à l'idée de leur mort. On fait des projets pour ses enfants, on les imagine, on les espère, on les attend. Ce n'est pas pour que la mort vienne tout saboter comme ça, au détour d'une visite médicale, un beau jour de printemps.

13

Alma imagine maintenant Philip, arrêté sur le côté de la route. Il a dû couper le moteur, il garde un long moment les mains sur le volant. Il ne sait sûrement pas quoi penser. Ni par où commencer. Peut-être a-t-il l'impression que, tout autour, le paysage est devenu flou. Il n'a certainement pas envie d'être là, dans cette voiture à l'arrêt. Lui pourtant si content d'entreprendre ce voyage de plusieurs jours pour rencontrer ses clients. Une idée de grand-père dont s'étaient gentiment moqués ses collègues plus jeunes. Il leur avait longuement expliqué que le contact humain ne demandait qu'à retrouver ses lettres de noblesse. Ce soir, dans sa voiture, au bord de la route, cela n'a plus aucun sens. Il vient de perdre ses grandes convictions. Il porte désormais en lui le poids de cette tumeur, le poids écrasant du cancer de son enfant.

Philip doit se sentir totalement à côté de la plaque. C'est vrai ça, que fait-il là, au milieu de nulle part ? Il va commencer à réfléchir, à se demander comment rejoindre Alma et Tom au plus vite. Il n'est pas homme à se laisser aller. Il va vouloir se raccrocher à l'action. Décider de ce qu'il doit faire.

Vouloir venir les retrouver. Il va élaborer une stratégie, il va rouler toute la nuit, il va trouver le prochain aéroport, se rendre à la prochaine gare, il va y arriver. Il va se remémorer les moments où certains de ses amis lui disaient L'important dans la vie, c'est de passer autant de temps que possible avec sa famille. Il comprend maintenant toute la signification de ces mots qu'il croyait prononcés comme ça, en l'air. Sa place est avec Alma, aux côtés de Tom, en cet instant même. Il doit se sentir tellement impuissant, dans cette voiture immobilisée, tellement inutile. Il va donner un coup de poing sur le volant. Lui d'habitude si solide, si efficace, sur qui l'on peut toujours compter. Lui le chasseur de grands monstres et de petites araignées. Il faut que cela reste vrai. Que sa femme et son fils puissent encore se reposer sur lui. Voilà qu'il est loin des siens au moment où il devrait les tenir serrés dans ses bras, les protéger. Dépouillé de son rôle de protecteur. Comment met-on à l'abri sa famille devant un tel danger ? Il va avoir l'impression d'être ce père sous les bombes qui cherche à protéger son enfant simplement de ses mains.

Pour ne pas devenir fou, il va redémarrer. Rentrer le plus vite possible à la maison, prévenir la famille, les amis. S'accrocher aux petites choses utiles et sensées. S'organiser pour le travail, le quotidien. Trouver des arrangements, planifier les jours qui viennent, se donner un but concret. Il va vouloir conserver un semblant de pouvoir sur les choses, un minimum de contrôle sur la vie pour garder les pieds sur terre et un minimum de raison.

Alma en est sûre, elle en met sa main à couper, Philip ne les laissera pas tomber.

14

Dans le silence confiné de cette chambre d'hôpital, sur le lit, les yeux grands ouverts, Alma essaie de résister à l'affolement qu'elle sait tapi dans un coin. L'annonce du cancer de Tom a sur elle l'effet d'une bombe à retardement. La déflagration l'a surprise tout à l'heure lorsqu'elle parlait avec Philip, ce n'est qu'à partir de ce moment-là qu'elle en a mesuré toute la portée. À présent, tout s'écroule autour d'eux. Au-delà de la menace qui pèse sur l'enfant, c'est la fin de leur monde, de l'image qu'elle se faisait de leur vie. Dorénavant, ils marchent sur des braises. Les tisons leur rougissent la plante des pieds. Les flammes leur lèchent les mains. Leurs repères s'embrasent, et l'incendie va tout ravager, tout dévaster sur son passage, tout ce qui leur est familier leur semblera vain. La brûlure sur la peau n'est qu'un début, elle le pressent intuitivement. C'est Hiroshima, onde de choc, désolation et pluie noire. Mais pour l'instant ce n'est encore qu'une simple petite tache noire sur une image médicale.

Philip et Alma forment un couple solide. Au moment de leur rencontre, ils avaient des vies bien établies, ils n'étaient plus si jeunes, ils avaient passé l'âge des flirts. D'instinct, ils ont su qu'ils s'étaient trouvés, qu'ils allaient faire leur vie ensemble, ils l'ont décidé peut-être même en échangeant leur premier baiser. C'était aussi simple que cela et, depuis, rien ne les a fait changer d'avis.

Ils ont les mêmes centres d'intérêt, les mêmes envies, les mêmes attentes. Ils se ressemblent et ils s'assemblent. Ils incarnent à leur façon la modernité, tant ils sont interchangeables dans leurs rôles au sein de leur cellule familiale. Ils ne s'effacent pas pour autant, leur relation se construit sur le respect des aspirations et des goûts de chacun. Certains disent d'eux qu'ils sont fusionnels. Ils ont du mal à être loin l'un de l'autre, à se séparer, ils n'éprouvent pas le besoin d'avoir chacun une vie bien distincte. Ils se laissent libres mais ne se souhaitent pas indépendants. L'évidence chez eux implique qu'ils ne soient entiers qu'en présence de leur moitié. Ils savent qu'ils peuvent compter l'un sur l'autre. Leur histoire n'a rien d'exceptionnel. Leur couple ressemble à tant d'autres.

Ils ont assez vite voulu un enfant. Quand Tom a pointé le bout de son nez, ils sont devenus les parents les plus heureux au monde. Il venait si parfaitement incarner leur idée de la famille, bébé facile, enfant docile. La vie a filé. Tom a grandi, Alma et Philip rêvaient de nouveaux projets, des changements professionnels, des voyages, peut-être un petit frère ou une petite sœur… Ils aimaient cette vie, certains de faire ce qui convenait, de se trouver aux côtés des personnes qu'ils avaient choisies, les bonnes personnes, au bon endroit.

Alors que leur équilibre vient de tanguer pour la première fois, Alma comprend que cet amour entre eux est un fil d'or qui les noue l'un à l'autre. C'est ce qui les tient debout. Dans les jours, les mois qui viennent, dans l'épreuve qu'ils s'apprêtent à traverser, elle ne conçoit pas de le voir céder. En dépit du chagrin, de l'incompréhension, de la colère que parfois ils voudront retourner l'un contre l'autre, ils s'espèrent assez forts pour rester unis et faire front. Alma veut préserver ce lien coûte que coûte. C'est un cadeau de la vie, c'est leur chance. Elle s'accroche à cette conviction, malgré sa petite voix intérieure qui lui pose la question en suspens : lorsqu'ils auront traversé cette épreuve, est-ce qu'ils s'aimeront plus, mieux ? Est-ce qu'ils s'aimeront encore autant ?

15

La maison rouge semble dressée là depuis la nuit des temps. Avec son air un peu de guingois, son allure coquette mais démodée, elle exhale le parfum des choses qui résistent à l'inexorable passage des ans. Elle paraît menue, frêle, mais c'est une centenaire robuste et bien campée, décidée à veiller sur son monde encore quelques années. Dans son jardin, comme une pierre, immobile, impassible, elle mène sa propre vie.

La maison rouge en dit, des choses. Elle possède son propre langage, son propre chant. Elle se livre, murmure à l'oreille mille secrets si l'on veut bien prendre la peine de l'écouter. Il suffit d'entrer. Le toit, sous le vent, vibre parfois jusque dans les fondations. Les fenêtres frémissent au moindre courant d'air, chuintant entre les montants disjoints. L'atmosphère capitonnée entre les murs muets enveloppe et rassure. La porte d'entrée qui grince sur ses gonds, les pieds que l'on tape ou que l'on traîne, le son mat des bottes que l'on ôte et qui tombent par terre. Les repas pris ensemble dans la cuisine odorante, les chaises que l'on tire à même le sol, la bouilloire sifflant furieusement sur le feu, la soupe qui mijote, le couteau sur la planche, la cuillère dans le bol de lait chaud, les noix que l'on casse, la vaisselle empilée. Le parquet qui grince à chaque pas, l'escalier qui gémit sous le poids, la douceur de la rampe au bois lissé, le bruit des pieds nus sur le plancher. Les robinets qui geignent, les tuyaux qui tapent lorsque l'eau monte et vient obstinément goutter dans le bac, le ruissellement de la douche, le frottement régulier de l'éponge sur la peau. Le feu crépitant dans la cheminée, l'âcreté de la suie, la trace noire sur le manteau usé. La chaleur des plaids jetés sur le canapé. Le linge que l'on déplie, la fraîcheur des draps, leur odeur de propre. L'odeur de renfermé dans le placard du fond, celle du bois, du feu, du chou, du lit. La porte de l'armoire, le glissement du tiroir, les objets que l'on range, les livres que l'on ferme. Le stylo courant sur le papier, la feuille froissée que l'on jette, les pages du cahier tournées, la litanie grésillante et presque inaudible de la radio. Les parties de cartes, les discussions, les pleurs d'un bébé, les soupirs des amants, les rêves, les non-dits. Le silence qu'un rien pourrait troubler. Les marques dans le lambris, les murs jaunis, l'usure du temps, la patine des ans. Bavarde, la maison s'emploie à raconter les heures qui défilent. Elle dit l'existence partagée entre quatre murs et un toit. Maison coquille, confortable et protectrice, elle s'unit au refrain des jours, emplis de gestes, d'odeurs, de bruits. L'écrin d'une vie.

16

— Bonjour, Tom, comment vas-tu ?

— Ça va bien.

Encore tout ensommeillé, Tom répond d'une voix molle à l'anesthésiste qui s'est penchée vers lui pour le saluer, et qui maintenant s'adresse à Alma et Philip.

— Tout s'est bien passé. Nous avons pu procéder à la biopsie comme prévu. Maintenant, Tom va pouvoir récupérer doucement, cela prendra plus ou moins de temps. Pour l'instant, il reste en observation en attendant le docteur Feuer. Ensuite, nous vous conseillons de rentrer chez vous. Dorlotez bien votre petit bonhomme si courageux. Nous vous préviendrons quand nous aurons les résultats.

Elle sourit encore, caresse amicalement le bras de Tom à moitié assoupi. Elle les salue et rejoint prestement d'autres patients. Alma et Philip ont à peine le temps de la remercier, de lire son nom écrit sur le badge accroché à son uniforme. À l'hôpital, le service n'est pas personnalisé.

Les médecins ont préconisé aux parents de Tom de faire une biopsie pour prélever un fragment de tissu tumoral.

Après examen, ils pourront mieux définir le type de tumeur et ainsi déterminer le traitement le plus adapté. Lors d'une longue entrevue avant l'opération, Alma et Philip ont rencontré le docteur Feuer, l'oncologue de Tom. Il leur a fait bonne impression. C'est un homme déterminé et avenant, à la poignée de main franche et nette, presque chirurgicale, et au sourire étroit, peu expressif, qui ne s'éternise pas en promettant des miracles. Il prend toujours le temps de parler avec calme, avec des mots simples, d'un ton mesuré, d'une voix posée et rassurante. Il semble à Alma et Philip que cet homme reconnaît leur droit à l'errance devant la tonne d'informations à digérer. Il leur affirme que, dans cette épreuve, ils ne sont pas seuls, il se tient à leurs côtés. Il leur signifie que son métier, sa vocation, c'est d'aider, d'être là pour les aider, de tout faire pour les aider. Qu'il n'est pas question de se désister, le boulot à peine commencé. Il est une balise à laquelle ils peuvent se fier. Il leur a expliqué le déroulement de l'opération. On rase un centimètre carré de cheveux sur le sommet du crâne, on pratique un petit orifice dans la boîte crânienne, et à l'aide d'une aiguille on prélève un peu de tissu. Dans le cas de Tom, il faut traverser environ la moitié du cerveau en espérant ne toucher aucune zone vitale, ne léser aucune fonction. Bien sûr, Alma et Philip peuvent refuser. Il y a des risques, leur a-t-il précisé, mais cette biopsie est, selon lui, indispensable.

Rapidement, Tom a donc été hospitalisé et a subi l'intervention chirurgicale. C'est Alma qui a accompagné son fils au bloc. Elle l'a laissé endormi sur la table d'opération, l'anesthésiste la poussant gentiment hors de la salle. Elle est sortie la trouille au ventre, les yeux humides, les mains nouées. L'idée qu'on aille sonder cette tumeur logée au cœur de ce qui rend Tom unique et vivant, petit homme, la révulse. Elle a passé la matinée, nerveuse, à imaginer l'aiguille longue et fine sillonnant à travers la matière grise de son enfant. Les idées qui lui venaient ressemblaient à un film de science-fiction ou à une mauvaise série télé. Elle a tout fait pour éviter de penser aux conséquences catastrophiques d'un geste mal assuré du praticien. Elle a refusé d'imaginer Tom sortir du bloc abîmé, amnésique ou paraplégique. Quand son fils s'est retrouvé en salle de réveil et qu'on est venu lui dire que l'opération s'était bien passée, elle a pu de nouveau respirer. Avec Philip, elle s'est émerveillée des progrès de la science, de tout ce qu'on est en mesure de faire de nos jours. Devant son fils encore somnolent, elle a repris ses esprits. Et, dans quelques jours, lorsqu'elle enlèvera le pansement, elle distinguera à peine le petit trou que le neurochirurgien a percé entre les cheveux rasés.

Comme prévu, le docteur Feuer passe dans la chambre en fin de matinée pour la visite postopératoire. Tout en les saluant, il pose d'un geste inattendu sa main sur l'épaule d'Alma. Jamais, auparavant, une main ne lui avait paru aussi amicale. Ce n'est pas une main qui abaisse ou écrase, c'est une main amie qui soutient, comme un tuteur, guidant la tête vers le haut, retenant la chute. Pas du tout un geste de soumission ou de supériorité. Alma sent dans cette main toute l'humanité que certains ont choisi d'exprimer en exerçant ce métier.

17

Après l'agitation des premiers jours, Tom est de retour à la maison. Il se repose. De leur côté, grâce aux analyses effectuées sur la tumeur, les oncologues approfondissent le diagnostic et dressent l'état des lieux de son cancer. Très vite, ils sont sûrs d'une chose. Il y a peu de cas comme Tom, ce type de tumeur est l'un des moins courants parmi tous les cancers pédiatriques. Il est jeune, on dit que les enfants ont plus de chances de s'en sortir, mais les pronostics ne sont guère optimistes.

Les médecins doivent maintenant élaborer un protocole pour les semaines à venir. À maladie rare, soins inexistants. Les traitements proposés ne sont que des adaptations de protocoles destinés aux adultes. Le docteur Feuer pèse le pour et le contre. Avec son équipe, ils se concertent, demandent leurs opinions à des confrères exerçant dans d'autres hôpitaux. Tout cela prend du temps, Alma et Philip sont un peu surpris que, devant le danger imminent, l'on puisse discuter autant. Ils voudraient que les décisions aillent plus vite. Ce flou les déstabilise. Ils essaient dans le même temps de saisir toutes les nuances des options évoquées. Les spécialistes se laissent parfois emporter dans leurs explications, il faut les arrêter d'un regard suppliant pour les obliger à être plus clairs. Embourbés dans un flot d'information ininterrompu, envahis d'émotions violentes et contradictoires, Philip et Alma sont ballottés de toutes parts. Ils ne savent plus ce qu'ils doivent penser. Décontenancés, ils se laissent porter malgré eux, et errent en espérant qu'on leur dicte la conduite à tenir. Ils font confiance, aveuglément, éperdument.

Le professeur empereur a disparu de la circulation. Une fois le mot cancer prononcé, il ne s'est plus senti concerné. Dans le monde hospitalier, chaque membre du personnel se cantonne à sa fonction, sinon on ne s'y retrouve pas. Alma et Philip font ce constat, il y a ceux qui nomment les maux, ceux qui valident, ceux qui cherchent les causes pendant que d'autres contrôlent les dégâts, ceux qui décident du remède, ceux qui l'appliquent. Chacun sa place. Les personnels soignants ne sont pas nombreux, ils ne peuvent pas être partout à la fois, tout le temps disponibles, omniscients. Ils font leur boulot, ils se cantonnent à leur rôle. Et c'est déjà énorme. Qu'on ne leur demande pas non plus de compatir. Ils sont bien obligés de se blinder. Ils ne peuvent pas porter toute la détresse du monde, celle de ceux qui entrent entre ces murs sans savoir ce qui les attend, naïfs et confiants, et qui en ressortent dévastés. Dans un hôpital, de toute manière, on ne parle pas de sentiments.

Le rapport humain est plus simple apparemment avec les enfants. Il est vrai qu'avec Tom tous se montrent courtois et attentionnés. Lorsque infirmières, docteurs, internes, jamais les mêmes, toujours différents, entrent dans sa chambre, ils s'adressent d'abord à lui, avec douceur et sollicitude. Ils ont toujours un mot gentil, un regard sympathique, un geste rassurant. Ils sont peut-être tentés de passer la main dans ses cheveux, de le prendre dans leurs bras, de lui murmurer dans l'oreille que ça va aller. Bien sûr, ils ne le font pas. L'envie est là, qui se lit dans leur regard navré. Mais quand on travaille en oncopédiatrie, on apprend à soigner avec le cœur ankylosé.

18

Ils ont décidé qu'Alma irait dès ce soir ouvrir la maison d'été. Philip la rejoindra demain avec Tom, après une visite de contrôle. Elle n'a pris avec elle que quelques affaires, un petit sac de voyage. Elle a embrassé Tom très fort. La séparation la rend nerveuse. C'est la première fois qu'elle s'éloigne depuis que tout a commencé.

Alma roule pendant les heures sombres du crépuscule, dans cette région où, en cette saison, la nuit n'est jamais franche. À son arrivée, la maison d'été, paisible, semble l'attendre. Elle ouvre la vieille porte en bois, laisse l'air du dehors chasser les odeurs de renfermé et les moutons qui filent se cacher sous les meubles. Après la tension de la route, elle sait qu'elle n'arrivera pas à dormir. Le calme environnant, étrangement, la tient plus éveillée que la confusion dans laquelle elle a vécu ces derniers temps. Elle s'entend penser. Elle laisse passer la nuit dans un demi-sommeil sur le lit sans draps. Lorsqu'elle estime qu'il est assez tard, elle se fait un café qu'elle boit assise sur la première marche de la terrasse. Il n'a pas de goût mais c'est pour elle un geste aussi routinier que de se laver les dents au réveil. Il fait bon.

Elle laisse filer les petites heures du matin. Le soleil revient s'accrocher dans le ciel pur, reprenant sa course immuable. L'été sera particulièrement sec et chaud, prévoit-on, ils en ont parlé aux informations.

Alma fait les lits à l'étage. Sort les coussins pour la méridienne de la terrasse. Nettoie un peu, mollement. Elle ne bouge ensuite plus, ou pas beaucoup, se laissant happer par le silence de la maison. Elle reste un moment sur la terrasse, contemplant distraitement les heures les plus radieuses venir à elle, inexorablement. Puis elle fait un petit tour dans le jardin pour sentir la chaleur l'écraser. Elle a besoin de poids pour se raccrocher à la réalité. Elle cueille quelques baies, celles que d'habitude elle déguste amoureusement en y retrouvant les saveurs de l'enfance, les mange mécaniquement, ne sent rien sous la langue. Elle espère que Philip a pris la route. Elle attend de nouveau, désœuvrée. Elle s'assoit devant la maison de bois, guettant le lent glissement des ombres qui s'allongent puis disparaissent. Elle regarde le paysage se fondre dans un éclat doré, cette lumière nette et apaisante, si particulière. Philip lui a envoyé un message lui disant qu'ils arrivaient dans à peine une heure. Cela lui laisse le temps. Elle décide d'aller au lac.

Alma enfile son maillot de bain et prend le sentier de terre. Ses pas font presque de la poussière. Elle passe le grand manoir, longe les pommiers en direction du ponton. Elle s'arrête un instant dans le pré. À deux pas du grand chêne, elle se rend compte qu'elle n'a pas encore décompressé. Son corps n'est que tension, de ses orteils à ses mâchoires crispées. Elle essaie de calmer la fébrilité de ses mains, les soubresauts de ses yeux sous ses paupières, sa respiration agitée, l'air saccadé, lourd de plomb, qui va et vient dans sa gorge, qui ne descend pas jusqu'aux poumons. Elle tente de retrouver un semblant de sang-froid. Elle marche d'un pas ferme sur le ponton. Elle sent l'aspérité des planches sous ses pieds nus. Elle va au bout de la plateforme, se défait de ses vêtements, s'approche de l'eau. Elle prend à peine l'élan suffisant. Elle a l'impression de se laisser tomber, de chuter au ralenti. Dans un geste réflexe, ses bras se tendent au-dessus de sa tête, ses jambes en arrière, en un plongeon désordonné. Au contact de l'eau fraîche, tout son corps se raidit. Il quitte instantanément cet état cotonneux et gourd dans lequel elle se sentait prise au piège depuis la nouvelle. L'eau du lac la gifle au visage comme pour la faire revenir à la raison. Elle émerge, reprend ses esprits, les idées éclaircies. Elle fait du surplace pour se maintenir à la surface. Elle n'a pas envie de couler. De se laisser submerger. De se noyer tout entière dans ce chagrin grand comme une mer. Ce ponton, c'est un trait d'union entre la terre ferme et l'eau mouvante. Quelques planches de bois au-dessus des joncs et des remous onduleux du lac. Un équilibre précaire. Alma prend conscience que c'est pour cela qu'elle est venue. Pour poser les pieds sur ce ponton de bois et se jeter à l'eau. Pour sauver sa peau.

19

L'équipe du docteur Feuer a enfin évalué le cas de Tom. Le protocole a été présenté à ses parents. Alma et Philip ont dit oui pour la chimio et la radiothérapie. On pose une chambre implantable à Tom pour faciliter les piqûres à répétition. Impressionné par le terme, le garçon s'est imaginé une jolie chambre d'enfant incrustée sous la peau. Quelques points de suture laissent une couture rose délicate sous sa clavicule. Les médecins parlent de médicaments synthétiques et de radiations à haute dose. Des mots laids, qui n'appartiennent pas au monde des enfants. Ils évoquent les cycles, les heures à passer chaque jour de la semaine allongé dans un lit d'hôpital, perfusé, l'attente interminable. Ils décrivent les symptômes et les effets secondaires que ces médicaments, développés pour des organismes matures, peuvent provoquer sur un gamin de cet âge. La liste est tellement longue qu'Alma décide de ne pas les écouter, elle décroche après stomatite, pneumopathie et dépression. Ils expliquent les rayons balancés sur la tête de l'enfant, immobilisé à l'aide d'un masque en résine. Le moindre faux pas engendrerait des dégâts irréversibles dans son cerveau en développement. Alma et Philip signent une multitude de papiers, des consentements, des décharges, ce genre de documents obscurs avec des notes en bas de page écrites en tout petit. Ils ne sont pas sûrs d'imaginer tous les risques. Ils ont du mal à envisager ce qu'il y aurait de pire. De toute manière, ont-ils seulement le choix ? La médecine conventionnelle est si sûre d'elle. Ce n'est pas sérieux de vouloir se soigner autrement. Les médecines douces, les approches holistiques, les thérapies alternatives ou complémentaires, peu connues, ont plutôt mauvaise presse et sont rarement proposées. Quoi qu'il en soit, la question ne se pose pas. Le temps presse, il ne faut pas traîner. Ils sont un peu pris en otage, mais, dans le monde médical, on parle de confiance. On est plus nuancé.

Tom s'enquiert peu, s'interroge peu, ne pose que les questions essentielles sur ce qui lui arrive. Il ne laisse voir aucune réaction, ni colère ni tristesse. Il a l'air d'appréhender avec désinvolture le changement radical qui s'opère dans sa vie depuis le diagnostic. Il a conscience de la gravité de sa maladie, mais en saisit-il les conséquences ? L'intervention chirurgicale de la biopsie l'a amoindri. C'est maintenant tout son bras gauche qui semble ne plus avoir de vie. Les médecins les ont prévenus, c'est normal. Peut-être la mobilité reviendra, peut-être pas. Il reste affolant de calme et de joie de vivre. Il a pu quitter l'hôpital et retourner à l'école pour les derniers jours de classe. Il a pu revoir ses amis avant qu'ils ne s'éparpillent en vacances, dans les maisons de famille, à la campagne, dans d'autres régions, d'autres pays. La ville se vide de son activité assourdissante.

Alma et Philip ont hésité avant de décider de s'installer dans la maison rouge comme prévu. En ce début d'été où les beaux jours ont déjà pointé leur nez, ils se disent qu'il sera beaucoup plus agréable pour Tom de passer du temps à la campagne entre les séances de chimio et de radiothérapie. Et puis toute la famille pourra profiter de la maison, du jardin et du lac. Même s'ils sont plus éloignés de l'hôpital, même en tenant compte des allers et retours quotidiens qu'ils vont devoir effectuer, la maison d'été constitue une sorte de nid, de cocon dans lequel, tels des animaux blessés, ils peuvent se réfugier et se mettre à l'abri.

Ellen promet de passer aussi souvent que possible. Elle sera en vacances à la fin du mois, elle pourra leur tenir compagnie, les aider, faire les courses ou préparer les repas. Elle propose aussi de s'occuper des factures, des certificats et attestations demandées par les assurances, comme elle travaille dans le milieu hospitalier, elle s'y connaît. Ils ont besoin de s'investir ailleurs que dans le remplissage laborieux de formulaires administratifs. Alma accepte avec soulagement et reconnaissance. Elle n'est pas tellement à l'aise avec ces choses-là. Après une hésitation, Ellen lui suggère aussi d'annuler les réservations de leur voyage. Alma la regarde d'un air hébété. La proposition, si logique soit-elle, lui fait l'effet d'une bête sauvage qui lui saute à la gorge, l'écorche vive. D'une voix blanche, Alma lui dicte les références des billets. Il n'y aura pas de voyage. Pas de vacances. Pas de comme prévu. Pour la première fois, Alma fond en larmes devant sa sœur gênée et confuse.

20

Le premier jour de chimiothérapie, Alma et Philip arrivent tôt à l'hôpital avec Tom. Philip s'absente pour signer les derniers formulaires nécessaires. Une infirmière vient poser la perfusion sur le cathéter. Elle demande à Tom de compter jusqu'à trois, l'aiguille s'enfonce dans sa peau. Pas encore familiarisé avec le procédé, Tom a un peu mal, se raidit et grimace, mais il bronche à peine. Il n'y a plus qu'à attendre que le liquide s'infiltre dans son sang. C'est long. Tom se morfond, s'occupe comme il peut. Alma a apporté ses jeux, ses livres favoris. Elle lui demande encore et encore si ça va, s'il a bien compris ce qui se passe en lui. Dans l'esprit de Tom, c'est très simple. Quand on est malade, on va voir le docteur. Si c'est grave, on va à l'hôpital. À l'hôpital, on est soigné et on guérit. Il n'y a pas d'alternative. Alma aimerait tellement être de nouveau petit enfant pour penser ainsi. Pour que la mort ne fasse pas partie des probabilités. Elle ne cherche pas à le contredire. Pour le préserver, elle se résout à le tromper. Elle s'oblige à lui sourire. Elle l'enveloppe de gestes pleins de douceur et de paroles gaies, à défaut de l'étreindre et de partager sa peur.

Alors qu'ils jouent tous les deux pour tromper l'ennui, Tom lui dit :

— Papa, il a dit, dans ma tête, c'est comme un orage. Ça commence à faire des nuages, de plus en plus gros, de plus en plus noirs. Ça devient tout sombre. C'est plein d'obscurité dans ma tête, plein de gris, ça empêche mon cerveau de bien fonctionner.

Alma le regarde. Elle est à la fois horrifiée et séduite par cette image. Elle lui répond :

— Tu as raison. C'est comme un orage. Avec de gros nuages qui bouchent le ciel, chargés d'eau et d'électricité. Ça tonne et il y a des éclairs. C'est menaçant, une tempête, mais tu sais, l'orage finit toujours par éclater. Les nuages sont soufflés par le vent, l'eau tombe à torrents. Ça peut faire des dégâts, un orage, mais une fois passé, le mauvais temps s'en va et de nouveau le ciel respire. Tout disparaît et le bleu reprend le dessus, remplit tout le ciel, il fait beau à nouveau.

Tom hoche la tête et ajoute :

— Le traitement, ça va faire craquer le ciel, ça va crever les nuages. Il dit comme toi, papa, il dit que l'orage va tout nettoyer et ensuite il y aura un grand soleil. Et tout ira bien.

Alma ne trouve rien à ajouter. Elle regarde Tom qui guette son approbation du coin de l'œil. Elle se dit que de bien étranges idées tournent dans la tête de son enfant. Des idées qu'elle voudrait pouvoir chasser, comme la bourrasque chasse les intempéries. Elle éprouve une grande tristesse mêlée à beaucoup de tendresse. Elle lui répond :

— Oui, mon chéri. Ça va aller.

Plus tard, une fois rentrés à la maison d'été, Alma demande à Philip d'où lui est venue cette comparaison de la tumeur de leur fils avec un ciel d'orage, Philip la regarde sans comprendre. Stupéfait, il répond qu'il n'a jamais parlé du cancer de leur fils ainsi.

21

Alma et Philip essaient tant bien que mal de comprendre les rouages de la vie d'hôpital et de se conformer aux usages du milieu. Leur vie, ainsi que celle de leur fils, est dorénavant rythmée par la régularité monotone des soins, la multiplication infinie des rendez-vous, la fréquence des examens, et, surtout, l'attente interminable. Ils n'ont aucune autre occupation, plus aucun projet, ils ne font qu'attendre. Ils errent dans la difficile lenteur de ces jours, pages désespérément vierges où rien ne s'écrit. La patience devient leur activité principale. Tout semble à l'arrêt. L'immobilisme des semaines qui se suivent les épuise.

À cela s'ajoutent les longues conversations avec le corps médical durant lesquelles Alma et Philip font répéter mille fois les mêmes choses. Toutes ces informations qui les dépassent et qu'ils ne comprennent pas. Parce qu'ils n'ont pas les connaissances. Parce qu'ils n'ont pas entendu la première fois. Parce qu'ils n'intègrent pas ce qui se dit d'un seul coup ou qu'ils ne sont pas assez concentrés. Parce que leurs cerveaux ne vont pas assez vite, ne sont pas assez précis ou qu'ils refusent radicalement d'admettre ce qu'on leur dit. Après chaque consultation, ils effectuent une relecture commune dès qu'ils rentrent à la maison. Ils se rendent compte qu'ils n'ont souvent pas retenu les mêmes mots. Les différences sont parfois si énormes qu'ils en arrivent à se demander s'ils assistent aux mêmes rendez-vous. À leur décharge, le jargon médical est aussi impénétrable qu'une langue étrangère. Tout est encore si neuf, déroutant. Il y a dans chaque parole énoncée, chaque affirmation, tant d'émotions à apprivoiser, tant d'appréhension à surmonter, qu'ils n'y arrivent tout simplement pas. Le cœur ne suit pas.

C'est Alma qui a le plus de mal. Ces explications scientifiques lui donnent le tournis. Elle ne réagit pas en apparence. Se contente de hocher la tête. Les évaluations médicales s'enchaînent de manière trop brutale. Elle sent à l'intérieur d'elle la détresse gagner, immense et profonde, une mer sombre dans laquelle elle surnage. Inconsciemment, elle s'oppose au diagnostic de son fils. Sidérée, elle refuse d'intégrer ce qui se dit. Elle oublie, elle filtre, elle trie, elle efface. Elle s'aveugle. Elle n'admet pas de voir les mines désolées autour d'elle. Elle arrive difficilement à accepter de changer ses plans. Alors qu'elle fait semblant d'écouter les médecins, elle calcule le nombre de jours qui la séparent du début des vacances, du voyage qu'ils ont prévu de faire depuis si longtemps et qu'Ellen a déjà annulé, elle se dit que le départ est seulement retardé, décalé de quelques semaines, quelques mois tout au plus. C'est ennuyeux, mais rien de bien grave, n'est-ce pas ? Ce n'est pas qu'elle ne comprend pas, elle se barricade, tout simplement. Elle est dans le déni le plus total. Il faut dire qu'elle est allée sur Internet. Elle a cherché des informations. Les mots lui ont brûlé les yeux. Les pronostics lui ont glacé le sang. Depuis, la violence, la douleur, la détresse de la situation la paralysent, l'empêchent de chercher davantage. Elle refuse de s'engager sur ce chemin de misère, catégoriquement. Elle ne veut pas ne rien être que ce sentiment de fin.

22

Alma n'a pas grandi dans la région. Mais chez elle, plus au nord, il y avait un grand lac non loin de sa maison. Les enfants n'avaient pas le droit d'y aller seuls car les eaux pouvaient s'avérer menaçantes. Ils s'y rendaient en famille, petits et grands, vieux et moins vieux. C'est là qu'elle a appris à nager puis à plonger, avec sa sœur. Le lac était un grand terrain de jeu entre ciel et terre. Beaucoup plus tard, elle osa y aller seule. Elle devait avoir quatorze ou quinze ans. Elle se souvient très bien s'être disputée avec Ellen ce matin-là. Fâchée, encore secouée par un grand sentiment d'exaspération, elle avait quitté la maison et marché tout droit. Ses pas l'avaient dirigée vers le lac. Elle n'avait pas son maillot de bain, mais elle avait senti l'appel de l'élément. Elle avait quitté ses vêtements et s'était jetée dans l'eau fraîche qui l'avait immédiatement enveloppée de calme. Sa colère l'avait quittée sur-le-champ. Le lac, de sa plénitude, l'avait entourée, rassurée, ressourcée. Bien sûr, la sensation de l'eau sur sa peau y était pour beaucoup mais aussi sa couleur, son odeur, son chant. Le lac lui avait appris la tempérance, ce jour-là et tous les suivants. Chaque baignade est pour elle un enseignement.

Lorsqu'elle avait visité la maison rouge avec Philip, ils étaient tombés sous le charme de cette petite bicoque un peu décrépie. Ils s'étaient dit qu'avec un peu d'huile de coude elle pourrait ressembler à quelque chose. Déjà conquis, ils se baladèrent aux alentours et se rendirent compte de la proximité immédiate du ponton, bien caché par le vieux manoir et son verger. Ce fut pour Philip le signe qu'ils faisaient le bon choix. Quant à Alma, l'accès si simple à l'eau depuis la maison était un luxe qu'elle n'avait même jamais espéré. Elle retrouvait le compagnon de son enfance.

Le lac est selon elle plus qu'un simple élément du décor, elle lui attribue des traits de caractère. Virant d'humeur selon les saisons, il ne se soumet pas facilement. En été, elle le sait volage, il s'offre à n'importe qui, aimable et sans aucune retenue. En hiver, couvert de glace, vêtu de neige, il peut se montrer bien plus austère. Malgré cette nature multiple et versatile, elle sait qu'il sera toujours là pour veiller. Quelle que soit la saison, Alma apprécie la compagnie bienfaisante du lac, amicale et sincère, aussi immuable que celle d'un grand frère protecteur. Elle ne peut plus se passer de sa présence hospitalière, de ses promesses de baignade quotidiennement renouvelées que rien ne saurait remplacer.

Tom y a appris à nager. Alma a aimé lui enseigner à apprivoiser la profondeur, le mouvement, les sensations. D'abord dans l'eau calme de la petite plage, où il avait pied, puis au ponton. Le lac s'est montré doux et accueillant, l'enfant a pris confiance en lui. Alma s'est délectée de faire entrer dans la vie de son fils un nouveau compagnon de jeu, un ami fidèle et silencieux. Un confident.

23

Ce matin, Tom devait commencer la radiothérapie. On lui a façonné un masque en résine à ses exactes mesures pour qu'il puisse rester tout à fait immobile durant la séance. Lorsqu'on l'a fixé sur son visage puis vissé à la table, l'enfant s'est senti emprisonné, il a eu peur. Ses larmes ont brisé le cœur de ses parents. On a reporté la séance au lendemain. Alma et Philip ont reçu la consigne de le raisonner pour qu'on puisse commencer rapidement. C'est pour son bien. Philip promet qu'ils feront de leur mieux. Il grommelle. Que dire à un enfant pour l'apaiser, quand on est soi-même si peu sûr de ce que l'on fait ?

Ellen prend le plus souvent possible des nouvelles de son neveu adoré. Elle reste en retrait, de peur de gêner, mais appelle chaque jour désormais. Elle veut s'assurer que sa sœur tient le coup. Elle vérifie le temps qu'elle met à décrocher, si elle daigne répondre. Elle prête également attention au timbre de sa voix, au moindre frémissement d'émotions dans les mots qu'elle prononce. Leurs conversations varient selon l'état d'esprit d'Alma, chaque jour différent, montagnes russes de sentiments. Aujourd'hui, Ellen sent toute la lassitude dans la voix de sa sœur.

— J'ai peur, Ellen. Je me sens si seule et abandonnée.

— Tu as des amis, de la famille, prêts à t'épauler, du monde vers qui te tourner. Tu n'as qu'à demander.

— J'ai ma fierté, je n'ai pas envie d'être considérée avec cette sollicitude que l'on réserve aux gens fragiles...

— Arrête, personne n'est là pour te juger.

— Je le sais bien. C'est plus fort que moi.

— Tu sais, je pense que les gens aiment aider, reprend Ellen après un silence.

— C'est bien là le problème... Je crois que je l'espère autant que je le crains ! Apporter son aide, ça n'est pas donné à tout le monde. Il faut savoir prêter une oreille attentive, écouter sans insinuer, savoir donner des conseils au bon moment. Ressentir sans prendre la place.

— C'est vrai. Il n'y a pas mission plus délicate que celle d'accueillir la souffrance sans vouloir à tout prix la soigner. Encore faut-il accepter l'aide que l'on te propose, ou même, aller la chercher.

— C'est plus complexe que cela. Il faut savoir reconnaître quand on ne tient plus debout, qu'on s'écroule, fragile comme un château de cartes. Ce n'est pas si évident d'accepter le soutien, la main tendue, l'accompagnement offert. Certains en ont une conscience aiguë, d'autres passent à côté, incapables de faire autrement, ils s'isolent en remâchant leur colère. Je ne sais pas encore à quelle catégorie j'appartiens.

Ellen réfléchit.

— Il faut une certaine humilité pour se laisser porter, s'abandonner, ne plus offrir aucune résistance, devenir dépendant. Se reconnaître vulnérable. S'offrir et offrir sa peine et son chagrin. S'ouvrir dans la blessure au jugement de l'autre, se mettre à sa merci. L'orgueil doit céder la place à la fragilité. C'est dans ce dénuement qu'on ne craint plus rien. Qu'on tolère que les autres puissent ne nous vouloir que du bien.

— J'ai peut-être trop d'ego ou d'amour-propre. J'ai peur d'être secourue.

— Ou bien il te faut trouver l'aide qui te convient. La bonne nouvelle, tu verras, dit Ellen qui ne peut s'empêcher de sourire, c'est que tu t'habitueras à ce que l'on veille sur toi.

Alma sait qu'elle est loin d'être seule, elle identifie très clairement ceux sur qui elle peut compter. Il y a Ellen, bien sûr, et sa mère, Nana. Les liens du sang parlent au-delà des manquements. Il y a les piliers, Paula, Julia, Laureen et François, ceux dont l'amitié est non négociable. Dans cette épreuve, ils sont guetteurs, vigies, veilleurs infatigables. Leur loyauté n'a pas de prix. Ce sont des rocs, des contreforts. L'empathie est pour eux une vocation, un sacerdoce. À bien y réfléchir, elle se rend compte qu'une solidarité s'est organisée autour de leur famille. Le malheur réveille les bonnes volontés. Celles des anonymes qui, tout à coup, sont entrés dans leur vie. Vagues connaissances ou amis d'amis. Parfois même parfaits inconnus. Ces innombrables discrets qui connaissent la valeur d'une main tendue, savent qu'elle ne coûte pas. Ils trouvent le ton juste, soutiennent sans une hésitation. Sont-ils passés par là, eux aussi, pour trouver les mots, les gestes sûrs ? Moins familiers, moins présents que ceux qui forment leur entourage direct, ils aident néanmoins dans l'ombre, sans publicité, sans être remerciés, ne s'en offusquent pas. Leurs attentions sont tues, ils n'en font pas grand cas. Donner est un jeu de pouvoir qui ne les intéresse pas. Ils n'ont aucune faiblesse, aucune volonté de céder. Ils haussent les épaules quand on les remercie, n'attendent rien en contrepartie. Ce sont des indécrottables, des exaltés, des fous. Des bénis.

24

Paula et Alma se sont rencontrées à l'université. Très vite, elles ne se sont plus quittées. Inséparables, elles avaient fini par adopter les mêmes mimiques, les mêmes expressions. On les confondait, on les prenait pour des sœurs. Elles avaient passé des soirées, des nuits à parler de choses futiles aussi bien que de sujets existentiels, passant des unes aux autres sans ciller jusqu'au lever du jour, comme on le fait à cet âge. Elles avaient tant partagé. Alma avait proposé à Paula d'être la marraine de Tom, ce qu'elle avait accepté avec joie. Elles faisaient partie de la même famille désormais.

Un beau jour, Paula avait annoncé à Alma qu'elle voulait changer d'air. Elle lui avait confié ses plantes et était partie en la laissant en plan, un peu interloquée. Paula s'en allait pour une semaine, six mois ou davantage, elle ne savait pas, elle verrait bien. Elle avait fini par voyager pendant plus de deux ans, durant lesquels elle avait donné des nouvelles enthousiastes mais sporadiques. Lorsqu'elle était rentrée, les jeunes femmes s'étaient retrouvées avec bonheur. Puis Paula était partie vivre dans une autre ville. Elles se pensaient toutes les deux assez fortes pour que cette nouvelle parenthèse ne les désunisse pas totalement. Depuis, elles résistent, se disent encore meilleures amies, s'invitent souvent, promettent de se revoir bientôt, mais les retrouvailles sont sans cesse repoussées. Leurs vies ne sont malheureusement plus conciliables. Entre elles se sont glissées une prudence, une sorte de gêne, une maladresse. L'amitié qu'elles se portent subsiste par fidélité, mais aussi un peu machinalement, par habitude, par nostalgie.

Alma a tenté de joindre Paula sur son téléphone pour lui annoncer la maladie de Tom. Elle en ressent le besoin, elle pense que Paula saura l'aider à traverser cette épreuve. Elle a déjà effectué trois ou quatre tentatives, elle a laissé un message chaque fois, demandant de rappeler sans faute, précisant qu'il arrivait quelque chose de grave. Cette fois encore, après plusieurs sonneries dans le vide, le répondeur se met en marche : Bonjour, vous êtes bien chez Paula, je ne suis pas là pour l'instant mais laissez-moi un message et je vous rappellerai dès que possible. À bientôt !

Le téléphone annonce qu'Alma peut laisser son message. Elle coupe la communication. *Bip bip bip*. Trois petits bips qui sonnent le glas d'une amitié. Elle n'a pas laissé de message. Paula, de son côté, ne rappellera jamais. Alma est étonnée, un peu déçue, elle s'est trompée. Parfois, il vaut mieux se résigner. Rien ne peut réparer le lien qui se brise. Elle a presque l'impression de l'entendre céder.

Depuis, Alma est fragilisée, instable. Ellen ne sait rien de cette amitié qui a pris fin, elle sent seulement que sa sœur chancelle un peu plus, au risque de s'effondrer. Elle s'installe dans la petite chambre d'amis de la maison rouge. Elle a décidé d'y passer le reste de l'été. Elle veut que sa sœur puisse compter sur elle. Elle veut être ce qui lui reste de providentiel.

25

Laureen a apporté un gâteau, Julia des fraises. Elles se sont retrouvées sur le ponton. Ce sont les amies de la première heure. À la demande d'Ellen, elles sont venues pour Alma. Elles se connaissent depuis toujours. Petites, elles ont partagé les baignades dans le grand lac du Nord. Elles ont grandi, évolué, se sont parfois perdues de vue puis retrouvées. Elles n'ont plus grand-chose en commun, si ce n'est le plaisir d'être ensemble. Elles aiment discuter de ce qui pourrait les fâcher mais, avant, n'oublient jamais de trinquer. Dans leurs désaccords, elles ne sont pas rancunières. Leur amitié dépasse le cadre étriqué de la cordialité. Elles appartiennent à la famille de leurs souvenirs partagés.

Ellen les rejoint avec des verres et une bouteille de vin. Les filles papillonnent autour d'Alma. Elles lui forcent la main. Elles se sont baignées, le sourire aux lèvres, riant presque, s'éclaboussant comme des gamines dans l'haleine chaude de cette fin de journée. Elles sont seules sur le ponton maintenant, sous le soleil qui n'en finit pas de se coucher. Leur amie en retrait, elles papotent, plaisantent, mordent dans les fraises juteuses, un verre à la main.

— Ce gâteau est divin, non ? C'est la recette de ma grand-mère. Le secret, c'est l'extrait de vanille.

— On sait, tu nous le rabâches chaque fois que tu le fais. Le gâteau de ta grand-mère, au parfum inimitable…

— Le seul gâteau que tu saches faire, d'ailleurs…

— Et à chaque fois, l'extrait de vanille, on te le dit, ça ne fait pas tout, dans un gâteau…

Enchaînant anecdotes, futilités et plaisanteries, Laureen et Julia essaient de faire réagir Alma. Elles savent qu'elle n'a pas le cœur à ça. C'est un cocon enveloppant qu'elles tissent autour de leur amie. Les mots filent entre elles, toile protectrice patiemment ourlée. Julia raconte pour la centième fois l'histoire où, à l'aéroport, elle a perdu l'équilibre. Dans sa chute, sa jupe s'est déchirée. Elle a fini le voyage vêtue d'un vieux collant fuchsia qui traînait par miracle au fond de son sac, en compagnie de son ex-mari pour qui le gris était déjà en soi une couleur trop vive.

— Je crois qu'il a pensé au divorce dès notre voyage de noces, conclut-elle en riant.

Alma sourit enfin. Elle sait que Julia et Laureen sont là pour elle, que c'est pour son bien. C'est bon de les entendre, de sentir cette vibration se dégager d'elles, les enrober d'une chaleur propre aux belles amitiés. Elle leur parle de Paula. Les filles tentent de la réconforter. Elle se laisse faire. La nuit dans laquelle elle se trouve est si épaisse qu'elle s'égare, elle n'a plus de boussole, plus de direction. Elle se raccroche à leurs voix qui l'orientent et la guident. Elle sait qu'elles ne baisseront pas la garde. Elles font barrage, louves grognantes et menaçantes, crocs sortis, elles veillent et éloignent la réalité, trop cruelle, impossible à supporter. Elles sont le lien qui l'unit au monde des vivants.

Toutes partagent en ce moment sa souffrance. Elles devinent son désarroi et le poids de l'immobilité. Elles savent qu'elles ont besoin de rester proches d'elle pour habiller sa vie de tout petits riens. Elles emplissent de leur présence le vide creusé dans son corps, lui insufflent une chaleur sincère et bienveillante, un peu d'allant. Elles se moquent d'elles-mêmes, prennent la vie du côté solaire pour qu'Alma puisse recevoir de la lumière. Que le rire enfin se reforme dans sa gorge, s'y déploie et empêche la boule de tristesse de revenir s'y loger. Elles masquent la réalité en faisant comme si. Elles ne sont pas dupes, demain il ne restera rien de leurs histoires, elles auront oublié de quoi elles ont parlé. Cependant leurs rires demeureront. Même du bout des lèvres, ils brisent la peur dans laquelle Alma pourrait s'enfoncer et se perdre si elle la laissait la gagner.

— En fait, je crois qu'il faut qu'on te le dise, mais ton gâteau, c'est vraiment un étouffe-chrétien, tu sais ?

26

Le quotidien de Tom avec sa maladie se précise et s'altère. Sa main ne réagit plus, son bras non plus. Il est vite fatigué et s'épuise pour un rien. Alma et Philip se perdent dans la contemplation de leur fils dont l'agilité s'étiole. Ils se sentent incompétents. Ils deviennent de simples observateurs impuissants, effrayés à l'idée que les rouages complexes de cette mécanique puissent s'enrayer indéfiniment. Leur vie, leur ordinaire, leur raison d'être se trouvent désormais à l'hôpital. Ils découvrent un univers jusqu'alors inconnu, un monde parallèle, où rien ne se passe comme à l'extérieur. Ils vivent des heures blanches qui s'étendent et s'étirent, ayant perdu leur cadence. Le temps est élastique, le temps s'évapore.

Philip et Alma emploient désormais leurs journées à veiller. Ils sont devenus guetteurs de vie. Chaque nouvelle respiration de leur fils porte en elle l'essence d'un miracle. Le moindre geste du garçon, le moindre soubresaut, la moindre exhalaison est source d'inquiétude. Ils savent qu'ils doivent se tenir prêts à sauver leur enfant à chaque alerte, prêts à le perdre aussi. Chaque nouvelle visite à l'hôpital provoque en eux une montée d'adrénaline qui les laisse ensuite vides et épuisés.

Lorsque Tom doit se rendre à un nouvel examen, ils y vont ensemble. Ils veulent accompagner l'enfant, partout, tout le temps. Il ne leur vient pas à l'idée d'alterner leur présence pour se ménager. Ils ne sont pas trop de deux pour affronter ce genre de situation, semblent-ils affirmer. De toute façon, où pourraient-ils aller ? Ils ne se quittent pas, n'osent pas se lâcher. Ils ont l'impression que, seuls, ils seraient trop fragiles et chancelants. Ils essaient de faire face du mieux qu'ils peuvent pour s'épauler. Ils sont encore sous le choc.

Ils vont si souvent à l'hôpital qu'ils connaissent la route par cœur, le moindre virage, le moindre panneau, le moindre nid-de-poule dans la chaussée. Ils pourraient parcourir les couloirs du centre hospitalier les yeux fermés. Ils savent comment entrer en pleine nuit, éviter les files d'attente aux urgences, à qui s'adresser pour que la prise en charge de Tom soit la plus rapide. Ils savent qui sont, parmi le personnel de garde, ceux qui s'occuperont de leur enfant en même temps que de leur détresse et de leur anxiété. Parfois, quand Alma prend la voiture pour se rendre en ville et qu'elle conduit machinalement en ressassant mille questions, elle oublie sa destination. Ce n'est que lorsqu'elle descend de voiture qu'elle comprend sa méprise, quand, devant elle, se dresse l'imposante masse de l'établissement hospitalier. Elle se demande ce qu'elle fait là, perdue, désorientée. Elle cherche à se remémorer où elle voulait aller, comme s'il n'y avait plus, dans sa vie, qu'une seule et unique raison de se déplacer, une voie toute tracée.

Tom est là au milieu d'eux, petit bonhomme invariablement de bonne humeur. Il pousse les portes de l'hôpital si souvent maintenant. Il voit bien que ses journées sont peuplées de blouses et d'enfants au crâne blanc. Il ne dit mot. Il se réfugie dans son rôle d'enfant, insouciant, innocent. Il se fait de nouveaux amis, trouve de nouvelles occupations, découvre son nouvel environnement, explore son nouveau quotidien. Il s'adapte. Son enfance a dorénavant la saveur des médicaments, l'odeur des désinfectants, le tempo des appareils médicaux, la couleur des murs d'hôpitaux.

27

Tom fait preuve d'un courage exemplaire. À moins que ce soit de la naïveté, ce détachement naturel des enfants devant les vilains coups du sort. Il vit au jour le jour, serein, montre une détermination incroyable pour affronter le traitement, les différents examens, les visites médicales et les heures d'attente sans fin. Durant les séances de chimiothérapie, il est installé dans une chambre où il y a deux petits lits. À côté du sien se trouve celui d'une fillette qui s'appelle Line. Elle a quatre ou cinq ans. De grands yeux limpides cernés de deux poches brunes qui renforcent leur lumière. Elle a la peau très claire et un crâne tout rond où aucun cheveu n'est visible. Elle affiche un sourire immense lorsque Tom entre dans la pièce chaque matin, avec candeur et simplicité. Elle lui propose de jouer, tout de suite, dès qu'il arrive. Elle a plein de jeux, plein de livres, elle a une couette fleurie et un oreiller assorti, elle a ses trois doudous chéris, elle a sa cuillère à elle et son verre favori. Elle vient là depuis longtemps. Elle peut lui faire visiter, s'il veut, lui montrer la salle de jeux, la cafétéria, et même les endroits secrets où on n'a pas le droit d'aller.

Sa mère tend la main à Alma. Une poignée de main cordiale mais défaillante, molle, lasse et résignée. La femme est mal en point, plus que sa fille, on dirait. Elle est maigre, creusée de l'intérieur, comme rongée. Elle sourit tristement, ses yeux sont éteints. Et pourtant cette femme est belle, se surprend à penser Alma, malgré tout, elle reste belle. Alma se demande à quoi cela tient. Peut-être tout simplement à l'amour qui émane d'elle, un amour éperdu destiné exclusivement à son enfant.

Cela fait plus de vingt mois que Line se bat, lui dit sa mère. Elle en est à sa deuxième récidive. Les médecins ont été clairs, il n'y a plus rien à espérer. Son papa n'habite plus à la maison, il est parti quelques mois après le diagnostic. C'est trop dur, disait-il, la tête entre les mains, tout le temps. La femme hausse les épaules, c'est mieux ainsi. C'est ça aussi, la maladie. Elle fait exploser les couples, elle détraque les mères courage et les papas héroïques. C'est tellement banal, c'en est pathétique.

Tandis qu'Alma écoute la maman parler d'une voix douce et monotone, les enfants s'échangent leurs prénoms, leurs âges et leurs diagnostics avec un naturel déconcertant. Ils sont malades mais cela ne les empêchera pas de devenir amis. Amis pour la vie, si courte soit-elle.

28

Ces jours-ci, la chaleur devient écrasante. L'ombre manque. Avec ce temps lourd qui semble s'installer, le lac offre une pause appréciable dans la torpeur des journées étouffantes. Alma propose d'y aller. Tom se réjouit, il veut bien aller se baigner. Sa main tremble toujours et son bras est faible, mais rien qui ne puisse l'empêcher de profiter de l'eau. Philip dit que c'est une très bonne idée. Ils se rendent en famille au ponton, en marchant lentement sous le soleil encore brûlant. Ils s'étonnent de se retrouver seuls, que personne n'ait eu la même idée qu'eux, s'en réjouissent.

Alma est la première à l'eau. Philip la suit, et bientôt Tom les rejoint. Ses parents lui ont mis une veste de flottaison. C'est son premier bain de l'année. Il ne veut pas sauter, il n'a pas touché l'eau depuis l'été dernier. Il descend tout doucement par l'échelle, à l'aide de sa main fiable. Très vite, il se sent à l'aise, son petit corps se détend et son visage s'illumine. Il nage maladroitement car son bras gauche répond mal et l'empêche de se déplacer. Il rit, tente d'éclabousser ses parents, l'eau apprivoisée, le bonheur du jeu retrouvé. À ce moment précis, rien n'a changé, se dit Alma.

Les voici réunis, famille ordinaire dans un après-midi estival, en train de s'amuser, comme avant. Avant l'inquiétude qui ronge le cœur, la maladie qui bouleverse les habitudes, la mort qui plane. Rien ne permet de discerner le handicap de Tom. Lorsqu'il a de l'eau jusqu'au cou, on n'aperçoit pas non plus la petite cicatrice sur la peau. L'enfant lui-même oublie les heures précédentes passées entre les murs de l'hôpital, les heures blêmes à attendre sans rien faire. Il oublie surtout l'inquiétude qu'il lit sur le visage de ses parents, il oublie les bribes de conversation qu'il n'est pas censé avoir entendues mais qui, dans sa tête, résonnent tout entières du désarroi de sa mère, du trouble de son père.

Chaque frémissement de l'eau emmène avec lui un peu de soleil et le noie dans ses profondeurs. Son halo se reflète sur le lac en mille éclats. Comme l'amour d'un parent fragmenté, brisé en millions de baisers à déposer sur un front enfantin. Comme le cœur d'un père, d'une mère devant la fatalité qui écrase la vie de leur enfant.

29

Alma sort enfin de sa torpeur. L'heure n'est plus au refus de la réalité. Elle se réveille de son état de stupeur. Elle se rend compte qu'elle devenait folle à force de s'aveugler. Elle a failli perdre pied, se laisser emporter par de douces promesses qu'elle seule se faisait. L'annonce du diagnostic l'avait hypnotisée. Cette chute, puis rien d'autre que ce grand vide à perte de vue, c'était plus qu'elle n'en pouvait supporter. Elle a eu peur. Elle s'est sentie si petite, si misérable. C'était plus facile de nier la gravité de la situation, de refuser les faits. Ainsi, elle ne donnait pas corps à la maladie, à sa réalité. Maintenant elle se dit que c'est pure lâcheté, elle doit se ressaisir. Elle s'oppose au côté figé, révolu, irréversible de la situation. Elle accepte d'affronter sa peur. Cette prise de conscience la libère. Elle veut comprendre ce qui arrive à son fils, ce qui se passe dans son corps et ce qui l'attend. Au plus profond d'elle-même, elle se révèle, volonté sans faille.

Alma, tout comme Philip, n'a aucune connaissance scientifique. Ils commencent par lire les brochures de vulgarisation qu'on leur a remises à l'hôpital. Rapidement, cela ne leur suffit plus. Ils se mettent à parcourir les sites Internet spécialisés. Ils s'instruisent, découvrent l'immense complexité du corps humain, son fonctionnement, sa chimie. Tout ce qu'ils avaient jusqu'ici ignoré sur l'anatomie. Ils font des recherches jour et nuit, lisent et relisent, relisent encore, parfois sans rien comprendre, des textes remplis de termes scientifiques et de tout un tas d'abréviations, bien souvent en anglais, hermétiques, pour ceux qui n'y connaissent rien. Ils n'en retiennent malheureusement pas grand-chose mais persévèrent, coûte que coûte. Ils n'auront pas assez d'une vie pour prendre connaissance de toutes les informations médicales et scientifiques, se disent-ils. Ils doivent pourtant bien assimiler ce qu'ils lisent, s'ils veulent se faire une idée plus juste du cancer de leur fils. Cela les fait tenir, c'est ce qui les motive. Ils trouvent, ils ne savent où, la force d'apprendre. Tous les parents ont cette ressource en eux. Mais tous n'ont pas l'énergie, le temps ou les armes pour se mobiliser ainsi. Alma et Philip se savent chanceux. La maladie n'est pas fulgurante, elle leur accorde cette faveur, ils ont un peu de temps devant eux. Ils s'entêtent à lire des informations. Ils canalisent leur angoisse de cette façon. Rester calme et droit, comme un refus de l'inéluctable, est pour eux la seule attitude envisageable.

Ils échangent avec les médecins. Ils préparent chaque visite à l'hôpital avec soin et méticulosité. Pendant les rendez-vous, ils prennent des notes et les relisent le soir pour intégrer ce savoir qui les dépasse. Ils passent leur vie à consulter les rapports médicaux, les derniers comptes rendus et bilans de santé de leur fils. Tous les docteurs font preuve de patience et d'empathie. Cependant, ils restent factuels, et les faits, dans ce genre de pathologie, ne sont pas très enthousiasmants. Alma et Philip découvrent que le cancer pédiatrique n'est pas aussi rare qu'on veut bien le croire. Si on n'en parle pas, c'est qu'on préfère oublier qu'on laisse mourir l'enfance dans la plus totale indifférence. Alors les docteurs les ménagent. Chaque cas est unique, leur répète-t-on souvent, d'un ton monocorde. Pour ne pas dire qu'on ne sait rien de l'évolution possible de la tumeur chez Tom. Personne n'ose s'engager sur le pronostic vital de l'enfant. Ils ont l'impression de devoir construire leur espoir comme un pont entre deux rives, jeté au-dessus d'un fleuve trop profond.

30

Durant les séances de chimiothérapie, Tom reste allongé sur son lit, inactif et ensommeillé, une perfusion accrochée à sa poitrine par la chambre implantable. Alma et Philip trompent leur appréhension en arpentant le couloir du service d'oncologie. Ils croisent des infirmières qu'ils connaissent maintenant par leur prénom, des enfants plus ou moins en forme, des parents plus ou moins vaillants qu'ils saluent de loin. Ils ne cherchent pas à faire plus ample connaissance. Le malheur infligé à chacun suffit largement. Ils n'ont pas besoin de connaître celui de leurs voisins.

Comme chaque jour, Nils entre dans la chambre. Il s'occupe de la supervision de la chimiothérapie. Il n'est pas très souriant, plutôt froid et peu causant. Il a une voix rocailleuse de fumeur sans pour autant sentir le tabac froid. Il porte des lunettes demi-lune sur des traits taillés à la serpe. Mais sa vraie particularité, c'est d'être couvert de tatouages. Il en a plein sur les bras, dans le cou, et on les imagine se rejoindre en un immense patchwork sur son torse et dans son dos. Tout un fouillis d'ombres bleutées et d'arabesques qui lui colore entièrement l'épiderme et dépasse allègrement des manches de sa blouse. Des fleurs, des bateaux, des sirènes, des licornes, des oiseaux, des volutes, des dates et des prénoms gravés sur la peau. La première fois qu'il a prodigué les soins, Tom et lui n'ont pas échangé un mot. Le petit garçon regardait les bras de Nils comme seuls les enfants savent le faire, avec une insistance et une curiosité non dissimulées. Nils a posé la perfusion, branché les machines, puis il est reparti d'un pas tranquille, sans ouvrir la bouche. Chaque jour, l'attention de Tom se fait plus insistante mais il n'ose rien demander. Il leur faut à tous deux un peu de temps pour s'apprivoiser. Tom étudie les dessins bleutés et demande ce qu'ils représentent. Nils, pas bavard, répond brièvement : C'est un cheval, une clef de *sol*, une rose des vents. Il ne s'appesantit pas sur les détails. Cela ne décourage pas Tom, qui continue son exploration et va même jusqu'à en suivre le tracé avec son doigt.

Ce matin, Alma revient dans la chambre après être allée chercher un café. La porte est ouverte, elle entend la voix de Nils. Un peu surprise, elle marque un temps d'arrêt et reste sur le seuil, devant la porte entrebâillée. Nils lui tourne le dos, il ne la voit pas et Tom est totalement absorbé par ce qu'il raconte. Il est question de pirates, de dragons des mers, d'îles merveilleuses et de princesses à sauver. Il parle tout en ajustant la perfusion, il illustre son histoire par de grands gestes et montre un à un les dessins qu'il porte sur la peau. Il raconte mille aventures, mille péripéties, il a sur son corps mille récits. Sa blouse blanche est un prétexte, il est conteur, illustrateur, mime fou et magicien. De sa voix rauque, il entraîne Tom dans un monde onirique, loin de l'univers froid des hôpitaux auquel il n'appartient pas.

Lorsqu'il en a fini avec les appareils de contrôle, Nils ralentit son récit et dit à Tom en montrant une date qui court sur sa jugulaire : Un jour, je te raconterai.

Il s'apprête à partir et lui dit à demain. L'enfant est déçu, c'est évident. Il dit simplement : Tu n'oublieras pas ? Nils promet qu'il reviendra, Croix de bois, croix de fer. Il sort de la chambre en passant devant Alma, la salue sans un mot, d'un simple signe de tête, comme si de rien n'était. Dans cet univers clos et aseptisé qu'elle pensait sans âme, Alma n'a jamais imaginé les soignants autrement qu'insensibles, endurcis à force de croiser la maladie. Elle se trompait, visiblement. Elle se dit que, au-delà de leurs compétences et du rôle qui leur est attribué, certains ont décidément bien des talents cachés.

31

À travers leurs innombrables lectures, Alma et Philip se rendent compte que leur mode de vie n'a jamais intégré la probabilité d'une quelconque maladie. Ils ont jusqu'ici mené une vie de bien portants. La santé leur était donnée, ils ne s'en sont jamais préoccupés. Ils se pensaient tranquilles en mangeant bio et se croyaient suffisamment écolos. Ils s'aperçoivent de leur méprise. Aujourd'hui, ils peuvent prendre les choses en main, cela leur donne une énergie nouvelle, une audace. Ils se sentent investis d'une mission. Ils espèrent en secret pouvoir déjouer la fatalité. Alors du jour au lendemain, ils révolutionnent leur environnement. Avec ce que d'autres prendraient pour de l'excès de zèle, ils agissent directement sur la santé de leur fils. Chaque changement, si insignifiant puisse-t-il paraître, leur semble aujourd'hui vital. Le moindre effet plausible sur l'état de santé de Tom justifie qu'ils l'exécutent sans délai.

Père dérouté, Philip veut désormais être prévoyant, contrôler ce qui peut l'être, quitte à en devenir maniaque, c'est ainsi qu'il gère son angoisse. Il se renseigne sur les mesures à prendre pour assainir leur foyer. Il s'engouffre dans toutes les brèches. Il investit tous les fronts. Il se documente, compare, vérifie toutes les sources d'information. Ses investigations débordent sur tous les domaines, de la cuisine au salon. Il chasse les produits toxiques, les substances nocives, il assainit la maison. Il teste la qualité de l'eau, celle de l'air. Il achète des produits sans substances toxiques, du savon sans savon. Il revient au naturel, au fait maison. Cette boulimie d'actions lui donne bonne conscience, lui permet de supporter son impuissance.

Avec Alma, ils se penchent sur la diversité des médecines dans le monde. Des amis leur ouvrent les yeux sur d'autres pratiques. Ils lisent, ils écoutent, font leur petit marché. Ils tentent de faire le tri entre charlatans et soigneurs sérieux, entre propositions fantaisistes et recherches scientifiques. Philip se concentre sur la vitalité de Tom. Il commande des suppléments alimentaires aux quatre coins du monde pour aider l'organisme de son fils à mieux développer son immunité et à supporter le traitement. Certains sont difficiles à obtenir, d'autres à la limite de la légalité. Il ne se laisse pas abattre, il est admirable de pugnacité. Il pourrait s'épuiser, mais comment dit-on à un papa de baisser les bras ? De son côté, Alma creuse d'autres domaines, moins factuels, plus émotionnels. Elle s'interroge sur l'approche de la médecine holistique, la vision globale d'un corps lié à son esprit, essaie d'en intégrer les principes pour les appliquer en plus des soins conventionnels. Elle s'enquiert de la multitude de régimes alimentaires anti-cancer qui font les choux gras des rayons santé en librairie. Elle se met à cuisiner différemment, avec des épices et des herbes parfumées aux nombreuses vertus. Elle sélectionne les légumes et les fruits de saison avec soin. Elle sonde aussi le côté psychologique, persuadée que le moral a un rôle à jouer. Elle organise des activités pour que Tom se sente entouré. Elle connaît les bienfaits de la musique, du classique au heavy metal, elle chante avec lui à tue-tête pour les vibrations. Elle explore ce qui se fait au niveau énergétique. Elle ouvre son fils au spirituel, lui parle de Dieu, du ciel, de la force de la méditation. Le soir, lorsque Tom dort, elle parle à son subconscient, vient chuchoter dans son oreille des mots d'encouragement, l'implore de rester en vie, de ne pas s'en aller, qu'il a tant de choses à vivre, à découvrir, le monde est si vaste et merveilleux, il vaut la peine. Elle le caresse, le cajole, l'enveloppe d'amour en espérant que cela le soigne comme un baume précieux, une huile sainte.

À eux deux, ils bousculent entièrement les habitudes de leur foyer. Alma pense que c'est comme lorsqu'on arrête de fumer, le bénéfice d'une meilleure santé est une motivation incomparable. Rien ne semble leur demander un effort démesuré, tout tombe sous le sens. Personne autour d'eux ne remet en question leur démarche, ne rit de leurs nouvelles lubies, de leurs nouvelles manies. Une routine s'installe peu à peu sur les cendres de leur ancienne vie et s'organise en fonction de leur fils. Alma accepte petit à petit que cette vie-là soit normale. Cette vie pourtant hors norme, allant à l'encontre des codes actuels dictés par les bien portants, déconnectée du reste du monde, du reste des hommes.

32

Les heures passent et s'enchaînent, inactives. Tom est fatigué par les allers-retours à l'hôpital, la chimiothérapie et les nuits hachées qui le laissent sans force. Son bras pend le long de son corps. Depuis peu, il lui arrive de perdre l'équilibre sans raison.

Aujourd'hui, la chaleur est intense, irréelle, le soleil écrase et brûle tout ce qui se trouve sous ses rayons. Les adultes tournent en rond. Alma n'a pas encore eu le temps de se baigner depuis le début de la journée, elle est saturée, nerveuse. Elle trépigne et s'exaspère. Pour ne pas rester dans la maison à ne rien faire, elle leur propose, alors que la chaleur s'estompe, d'aller tous les trois jusqu'au lac avant le dîner. Arrivés au ponton, Alma, enfin, se détend. Dans la quiétude de cette fin de journée estivale, le lac est une fenêtre ouverte sur le calme et la tranquillité. La fluidité perpétuelle de l'eau, son lent mouvement hypnotique, sa seule présence offre une paix dont elle ne peut se passer.

Tom est las, fourbu par sa marche. Il ne veut pas se glisser dans l'eau délicieuse mais il apprécie la tiédeur qui se réfugie dans le vent délicat. Philip préfère s'asseoir tranquillement avec son fils sur le petit banc. Il lui arrive souvent de venir pour le simple plaisir d'accompagner Alma, de la voir s'élancer dans l'eau, et puis d'être là, avec elle à ses côtés.

Alma refuse la commodité de l'échelle, ne daigne même pas descendre la première marche en bois. En un plongeon sec et franc, elle est sous l'eau, dans son élément, elle se détend. Quand elle remonte de l'échelle après sa baignade, elle s'ébroue comme un chien devant Philip qui s'insurge pour la forme puis elle vient passer ses mains sur le corps de son fils. Il rit en tentant de la repousser, mais elle continue, l'enferme dans la cage de ses bras frais, et il ferme les yeux, heureux. Blottis l'un contre l'autre, ils écoutent le clapotis de l'eau venant frapper doucement la plateforme du ponton. Le vent tiède agite la roselière qui bruisse d'un chant long et soyeux. Quelques oiseaux éparpillés piaillent au loin, heureux de prendre leur envol dans un ciel redevenu clément. Alma tend le visage aux derniers rayons du soleil avant qu'il ne se cache derrière les arbres, et pose sa respiration sur celle du lac. Une sorte de paix l'envahit alors, calmant le flot incessant de ses pensées et des mauvais pressentiments.

Le temps est suspendu, les heures se dissolvent dans la rumeur du lac, les minutes et les secondes s'étirent à l'infini. Il semble alors que toute la quiétude de ces instants arrive à apaiser les pires craintes de Philip et d'Alma, à les éloigner, à les rendre immatérielles, comme éthérées. Ils savent bien qu'ils ne connaîtront plus jamais la même légèreté, ils ne s'y attendent pas, ils ne sont pas si naïfs, mais s'ils peuvent encore profiter de quelques petites parenthèses de douceur, ils ne vont pas s'en priver. Lorsque la pénombre gagne, ils quittent le ponton lentement et à regret, Tom à moitié endormi dans les bras de Philip, et dès qu'ils rejoignent la prairie, ils retrouvent la cohorte de leurs sentiments angoissés qui s'était tapie dans la frange des arbres, attendant sournoisement leur passage.

33

Alma n'arrive pas à dormir. C'est tout le côté gauche du corps de Tom qui semble maintenant s'affaisser. Il ne se sert plus du tout de son bras, et sa jambe gauche montre des signes de faiblesse et le lâche régulièrement. Il a aussi d'interminables maux de tête qui le laissent épuisé. Alma est descendue dans la cuisine. Son cerveau est lancé à mille à l'heure sur les mauvaises questions, celles qui tournent en rond. Pourquoi ? Comment ? Et si… ? Elle se sert un grand verre d'eau. Elle pense à tout ce qui a été sa vie jusqu'à présent. Une succession de moments heureux, de belles rencontres, d'événements agréables. Elle secoue la tête et confie à la pénombre : Mon Dieu, que j'ai aimé croquer la vie à pleines dents, avec un appétit féroce ! J'ai profité de ses cadeaux. J'ai vécu puissamment. J'ai pris mon temps, adopté ma liberté, choisi de me servir. J'ai voyagé dans le monde entier, j'ai adoré longer de belles plages, errer dans des ruelles fraîches, des villes millénaires riches d'histoire, admirer l'art dans des grands musées, me perdre sur des chemins inconnus, dans des conversations aux accents d'ailleurs, dans la moiteur de chambres d'hôtels plus ou moins accueillantes. J'ai aimé la vie et son bruit ! J'ai aimé aller aux concerts parmi la foule, sentir son unité, l'entendre hurler, la voir tout à coup pleurer sur une note, une mélodie. J'ai dansé dans la folie de rythmes endiablés à en perdre le souffle et l'équilibre. J'ai aimé son ivresse, dans l'allégresse et le bon vin, dans l'excès de fumée. J'ai aimé ses délices. J'ai mangé, planté mes dents dans des fruits savoureux, goûté des nectars suaves, embrassé de belles bouches. J'ai aimé l'amour aussi. J'ai aimé la vie dans les bras des hommes. J'ai aimé me sentir à l'abri grâce au sourire de mes amis, dans le cocon de ma famille. J'étais heureuse, béatement, sans frein, sans fard. J'ai profité et joui de tout ce qui était bon, à disposition, à profusion. Je referais tout de la même façon et avec plus de fougue encore si je savais ce qui m'attendait. On vit dans le bonheur, on ne s'en rend même plus compte. Parfois on est tellement idiot que, si tout va bien, on arrive à lui trouver des failles, des petits défauts, des fêlures. On se met à le piétiner, je ne sais pas trop pourquoi, parce qu'on s'embête, parce qu'on est bête, parce que ça nous effraie, finalement, ces jours sans ombre, sans souci ? Ou alors, ou alors, on n'en profite tout bonnement pas, de ce bonheur qui nous est offert. On se trouve des prétextes. On travaille jour et nuit. On boit trop et trop souvent. On oublie de parler aux gens. On se colle devant un écran, on s'abreuve de la vie des autres en format carré. On se met à vivoter, mais ce n'est pas grave, puisqu'il y a la santé. Si la santé va, tout va, n'est-ce pas ? On le dit machinalement. On n'y pense même pas. On n'y croit pas. Quand soudain la machine s'enraye, on le voit alors nous filer entre les doigts, nous filer sous le nez, à toute vitesse, ce bonheur tout simple. Rien ne sert de tenter sa chance, elle nous a quittés comme elle a en quitté tant d'autres. On a fini d'être heureux. Y a-t-il vraiment une date de péremption pour la félicité ?

Philip est descendu en silence. Il n'arrive pas à dormir non plus. Il a rejoint Alma dans la cuisine, il entend sa plainte, se met derrière elle et lui masse doucement les épaules.

— Tu parles toute seule, maintenant ?

Alma soupire, se laisse aller à la mélancolie sous les mains de son mari. Elle reprend, doucement :

— Oh oui, ce que j'ai pu l'aimer, la vie ! Je l'ai aimée avec toi, aussi. Et maintenant j'ai tellement peur de ne plus pouvoir. Qu'est-ce qui se passe quand on sait que tout ce que l'on fera n'aura plus jamais la même grâce ? Que dans la bouche on aura toujours un goût amer, un goût de pas assez, un goût de toujours moins ? Dis-moi, tu sais, toi, ce qu'on fait de la fadeur, une fois que le bonheur s'est enfui ?

34

Mimi n'est pas plus grande que les enfants qu'elle soigne. C'est une femme si petite et menue qu'elle ne fait pas son âge. Si les enfants l'adorent, c'est parce qu'elle rit tout le temps. Elle a pour eux des gestes doux, des regards de maman. Chaque jour, elle accueille les petits patients dans son domaine, la salle de radiothérapie. C'est elle qui gère le planning, vérifie les réglages de la machine, le temps d'irradiation, l'intensité des rayons. C'est elle aussi qui rend ce lieu froid et impersonnel un peu moins stressant. Mimi règne avec professionnalisme, toujours en souriant, avec beaucoup d'humanité. Alma fait confiance à cette femme plus qu'à quiconque.

Maintenant que Tom connaît l'endroit, il n'a plus d'appréhension. Il arrive en sautillant, en tenant la main de ses parents, son beau sourire tranquille étalé sur son visage. Chaque jour, avec Mimi, ils s'offrent cinq minutes de récréation. Quand elle l'entend remonter le couloir, elle se glisse subrepticement derrière une porte, dans un recoin, sous une table, en gloussant. Elle tente de se cacher maladroitement, repliée sur elle-même, à peine dissimulée, pouffant de rire, derrière un bureau, un fauteuil, un rideau. La trouver est un jeu d'enfant. Tom s'en fiche, ce n'est pas l'important. Il feint de la chercher scrupuleusement. Il fait le tour de la pièce, il savoure le moment. Lorsque enfin il la débusque, ils crient de joie tous les deux, et elle serre Tom contre elle et lui caresse la tête en riant, Tu es si fort, tu me trouves tout le temps ! Elle profite avec Tom de cette complicité, tous les enfants n'ont pas la chance d'arriver dans cette salle éveillés et sur leurs deux pieds.

Ensuite, la séance se déroule sans encombre. Mimi est concentrée, elle procède aux réglages, effectue les ultimes mises au point. Elle installe Tom sur la table de soins et, avec mille précautions, fixe le masque de résine sur son visage pour qu'il ne bouge pas. Tom se laisse faire. Il est tout seul dans la salle au moment des rayons, la tête immobilisée par son masque de contention vissé à la table sur laquelle il est allongé. La machine, malgré sa taille, n'impressionne pas l'enfant. Il en a déjà vu dans des films de science-fiction, dit-il, blasé. Il a son doudou avec lui, et on peut passer la musique de son choix. Les chansons d'enfants résonnent jusque dans le couloir où attendent ses parents. L'effet de contraste entre les deux mondes est saisissant. La séance dure à peine un quart d'heure. Ensuite, Tom peut repartir. Mimi lui offre parfois une bricole, une bille ou un autocollant. Elle lui fait un geste de la main, lui dit À demain ! Elle le suit du regard avec une pointe de désenchantement dans les yeux et murmure tout bas À toi de jouer, maintenant.

35

Rien n'est épargné dans la vie de Philip et d'Alma, ni les amitiés solides, ni les plus sincères affinités. La maladie agit sur les liens établis comme un philtre d'amour ou de vérité. Le temps passe, l'effet de surprise s'est dissipé. Les gens commencent à se désintéresser. Un malaise persistant se glisse autour d'eux. Le sentiment d'abandon dans lequel la situation les enferme est un piège invisible mais bien réel. Il leur faut de plus en plus accepter l'absence de ceux qui devraient être là mais qui s'abstiennent désormais, les déserteurs, les abonnés absents. Ceux que le chagrin impressionne et qui résistent moins bien à l'intimidation.

La solitude s'attache à eux, qui auraient tant besoin d'être accompagnés. Alma et Philip sont pris dans le faisceau de l'incompatibilité car, pour beaucoup de leurs amis, rien n'a changé, tout est immuable dans la continuité. La majorité de leur entourage est épargnée par le tourbillon dans lequel ils sont aspirés. Ils sont deux pas en arrière et ça y est, on ne les voit plus, on les laisse de côté, à part, un décalage se crée. Ils ne sont plus de bonne compagnie. Alma le déplore :

— Je crois qu'il faut qu'on se fasse une raison. Les amis qui passent à la maison par hasard se font plus rares. La plupart des gens que nous fréquentions vont à présent nous ignorer. À partir de maintenant, ils changeront vite de trottoir en nous voyant arriver, ils se tairont lorsque nous les rejoindrons, ils n'appelleront bientôt plus pour demander des nouvelles. Finalement, c'est tellement simple de se réfugier derrière les obligations quotidiennes et de se défiler. Ils auront tous de bonnes excuses pour se voiler pudiquement la face. Ils auront tous de bonnes raisons, et, le pire, c'est que nous leur dirons que nous comprenons, que c'est normal, c'est la vie et nous les excuserons.

— Qu'est-ce qui t'étonne ? demande Philip, laconique. C'est dans l'ordre des choses. Côtoyer le malheur, personne n'en a envie.

Alma et Philip sont condamnés par le mépris orgueilleux du silence. Ils n'ont pas choisi l'isolement mais ils ne sont pas non plus totalement étrangers au vide qui se crée autour d'eux. Ils s'éloignent intentionnellement des désespérés, les à-quoi-bon, qu'ils préfèrent ne plus fréquenter. Ceux-là ont déjà, à leur place, baissé les bras. Ils évitent aussi ceux qui ont peur. De déranger, d'être maladroits. Ceux que tout cela dépasse, qui ne se sentent ni capables ni légitimes. Qui n'auront jamais les mots. En fin de compte, tous ceux pour qui il semble que les rôles soient inversés, qui attendent d'être rassurés. Il suffirait pourtant d'un simple geste, une main tendue, une intention gauche ou tardive pour réparer l'erreur. Bien sûr Alma fait preuve d'indulgence pour ceux qui, devant leur drame, se montrent embarrassés. Elle préfère de loin les gens ignorants aux lâches et aux indifférents. Elle raye quand même certains noms de son carnet d'adresses, d'un simple trait de crayon net qui ne tremble pas. C'est une souffrance de plus qui s'ajoute à sa peine. Elle fait en sorte que cette sélection naturelle ne l'atteigne pas.

Paradoxalement, avec les connaissances faussement proches, ou les médecins et le personnel soignant, les caissières de supermarché, les chauffards, tous les étrangers dans la rue, Alma et Philip font preuve d'une élégance inutile. Ils adoptent une fausse mine réjouie, une figure de circonstance pour plaire à tous ces gens qu'ils veulent épargner, nul ne sait pour quelle raison. Peut-être pour qu'on continue à leur être agréable en retour, à les aimer. Parce que, au fond d'eux, ils ont peur qu'on les fuie comme des pestiférés. Ils paniquent à l'idée de se retrouver seuls et abandonnés. Le plus souvent, ils font donc semblant d'aller bien. Ils gardent leurs larmes, leur colère, leurs doutes et leurs errances pour eux. Ils ne veulent pas déranger. Ils ne savent plus où ils en sont, ils ont peur en permanence, et, devant la difficulté d'exprimer leurs sentiments, gênés et troublés, ils préfèrent garder le silence. Ainsi, ils restent dignes, sans se rendre compte qu'ils disparaissent, broyés dans cette ambiguïté. Personne ne peut deviner derrière leurs sourires crispés qu'ils sont dévastés, champs de ruines.

36

D'habitude, dans la région, les étés sont tempérés, il ne fait jamais trop chaud. Le soir, il faut se couvrir les épaules, le vent a vite fait de rafraîchir l'air. Généralement, le soleil est présent, mais il lui arrive de passer son tour durant une matinée ou une fin d'après-midi, quelques heures d'absence seulement qui suffisent à éteindre son feu ardent. Il revient ensuite, d'abord timide et embarrassé d'avoir quitté son poste, puis reprend vite sa place et s'encanaille, fort et puissant mais jamais agressif, accroché au faîte de l'été. Il y a aussi du vent, un petit vent sournois qui vient de la mer et du large, qui porte en lui le vol des mouettes et la froideur des côtes lointaines, plus au nord. Ce vent qui dérange les belles, mélangeant leurs mèches et ouvrant leurs jupes sur leurs jambes brunes, soufflant les chapeaux des hommes et envoyant les cerfs-volants des enfants au sommet des grands arbres. Il siffle dans les oreilles, court en permanence, il ploie la cime des pins, fait osciller les ajoncs au bord du lac, fait vibrer sa surface, la brouille à l'en rendre mate. Mais cette année, le vent a décidé de rester danser au large, sur la mer. L'air bruisse sagement, une brise légère agite avec précaution les feuilles des arbres longs. Les trembles chuchotent comme du sable dans un bâton de pluie. Le bavardage des oiseaux, mésanges, merles, geais bleus, vient égayer l'air du soir malgré la complainte noire et blanche de la pie. Quelques nuages cotonneux et inoffensifs filent parfois sur la ligne d'horizon. Le soleil se hisse haut, décidé à ne plus bouger. Le ciel devient plus dense, plus profond dans le jour finissant. L'azur de l'été est d'une clarté limpide, doux comme un linge moelleux, tiède comme un lit que l'on quitte à regret au petit matin. Alors que la saison a choisi de déroger à ses petites habitudes, le lac, lui, ne semble pas du tout disposé à modifier le cours de ses jours.

C'était une bonne idée de venir s'installer dans la maison d'été, pensent Philip et Alma. Dans la journée, il est presque impossible de rester sous le soleil mordant dans le jardin, ils doivent chercher l'ombre bienvenue sur la terrasse ou près du hêtre derrière la maison. Mais en fin de journée, quand les ombres s'étirent, les couleurs se nuancent, ils vivent toutes fenêtres ouvertes et profitent largement de la terrasse. Les soirées sont incroyablement délicieuses. L'air tiède les enveloppe délicatement comme un châle douillet. Ils ont l'impression que, loin de l'hôpital, ils peuvent tenir la maladie à distance, loin de Tom, loin de tout. Autour d'eux, le décor ne se prête pas au malheur.

37

Alma se débat jour et nuit avec l'idée que son quotidien s'est transformé en cauchemar. L'anxiété perpétuelle est dorénavant sa compagne de route, alors que la vie continue de couler paisiblement pour tous les gens autour d'elle. Elle vit très mal la banalité de ceux qui n'ont rien à vivre de particulier. Elle se laisse berner par les sourires factices et les photos tronquées des réseaux sociaux. Dans ce monde où chacun croit pouvoir tout contrôler, Alma se met à haïr les futiles. Ceux qui sont obnubilés par leur nombril, leur beauté, leurs selfies. Ces gens-là l'horripilent, avec leur vie minutieusement calibrée, superficielle, préméditée. Elle réagit avec irritation face à ceux qui n'ont pas d'autre intérêt que de suivre le cours de leur petit bonheur étriqué. Elle les déteste d'autant plus qu'elle aurait pu finir comme eux, obsédée par la perfection, baignée dans un confort ouaté. Elle voit comme ils pensent maîtriser tous les aspects de leurs existences bien ordonnées, comme ils se sentent à l'abri puisqu'ils ont tout prévu. Alma est assez bien placée pour savoir que tout peut basculer du jour au lendemain et que les certitudes peuvent être balayées d'un revers de la main. Bien sûr, certains passeront entre les mailles du filet, n'auront jamais rien à craindre. À ceux-là, c'est plus fort qu'elle, elle souhaite une vie creuse, monotone et stérile. Elle se console en se disant qu'elle ne connaît rien de leurs désordres intimes. Elle aimerait les voir chuter, eux aussi, comme elle est tombée, de haut.

Alma se sait injuste envers tous ceux qui, simplement, tentent de vivre dans le chaos inégal du destin. Mais rien ne peut égaler son malheur. Alma a du mal à écouter les gens parler de leurs petits soucis. Leurs misères l'indiffèrent. Elle découvre qu'elle devient insensible à la tristesse, à l'inquiétude, les siennes et celles des gens autour, qu'elle trouve de plus en plus insipides. Comme si seul le drame lui semblait digne d'intérêt. Paradoxalement, aux informations, les grandes catastrophes continuent d'être énumérées, mais aucune ne l'atteint. Elle n'est plus que dédain pour ce qui ne concerne pas directement Tom. Le monde pourrait bien s'écrouler, elle n'en aurait rien à faire, trouverait cela insignifiant. Ce n'est pas qu'elle se protège, elle en est bien incapable. Simplement, elle se ferme à la souffrance d'autrui parce qu'elle ne peut en recevoir davantage et qu'elle ne peut se défaire de la sienne, jamais.

Alma se dit qu'il lui faut apprendre à vivre sans être blessée par la course invariable et obstinée du monde et la routine des autres. Il faut qu'elle se réjouisse de leur bonheur sans en goûter l'amertume. Mais elle éprouve parfois un tel ressentiment lorsqu'elle reçoit des nouvelles de ses proches, leurs vacances, leurs soirées entre amis, tandis que pour elle le temps défile avec la même monotonie exaspérante. Alma se rend compte de l'intensité insoutenable avec laquelle le bonheur des autres ravive la blessure de son propre chagrin, de son injuste peine.

Au fond, elle ne supporte pas que les autres puissent continuer à vivre sans que rien ne les entrave, sans ce sentiment d'avoir quelque chose qui empêche, qui empêtre. Sans avoir à se poser de questions. Alors même qu'elle se voit passer à côté de ses rêves, les gens autour d'elle continuent à réaliser les leurs. Elle désire secrètement leurs mérites et leurs succès. Elle les convoite, tout comme elle convoite la tranquillité de leurs jours. La jalousie qu'elle ressent s'insinue dans tous les gestes quotidiens, toutes les situations. C'est une réaction minable, elle pensait avoir plus de grandeur d'âme. Alma en vient même à envier Ellen, sa vie bien tranquille, sans heurts majeurs, sans personne dont s'occuper. Elle doute de pouvoir de nouveau être heureuse. Elle a l'impression de rater sa vie. Pour elle, la course au bonheur est terminée. Elle n'a pas couru assez vite, elle l'a laissé filer. Elle se sent mortifiée, coupable d'avoir attiré à elle le mauvais œil, fautive d'avoir laissé faire le hasard contre lequel elle ne peut absolument rien. Elle essaie de ne pas se laisser emporter par la rage ou la rancœur. Mais Alma en veut à la terre entière puisqu'il n'y a personne en particulier à blâmer.

38

Tom a compris la gravité de sa maladie et les enjeux de son traitement. Avec lui, Alma et Philip en parlent ouvertement. Ils lui ont tout expliqué. Ils ont pris le parti de ne presque rien lui cacher. Ils ne veulent aucun tabou, aucun secret. Ils essaient de répondre le plus honnêtement possible à ses questions. Ils ont habillé les mots des médecins de termes compréhensibles pour un enfant de son âge. Ils ont pris la précaution d'enrober la vérité d'images joliment choisies par d'éminents psys. Ils lui ont aussi lu des livres adaptés, illustrés de dessins un peu naïfs et colorés qui parlent de vilaines maladies et d'enfants téméraires. Un jour, en les feuilletant, Tom montre du doigt le dessin d'un enfant en armure de chevalier qui affronte seul son dragon-cancer :

— Il n'a pas peur, le petit garçon ?

Alma regarde l'image et lui demande :

— Tu aurais peur, toi ?

— Oui, un peu. Moi, pour que j'aie du courage, il faut qu'il y ait quelqu'un à côté qui me tende les bras.

La seule chose qu'Alma et Philip omettent de lui dire, c'est que son traitement va le rendre malade, nauséeux, lui prendre ses forces, l'épuiser. Ils veulent attendre de voir ce qu'il en est. Et surtout ils ne lui avouent pas que tout ça, c'est pour qu'il ne meure pas. Est-ce qu'un enfant peut s'imaginer mourir ? À huit ans, on se croit éternel. Alma et Philip n'ont pas l'intention de lui enlever cette conviction-là. Ils n'ont pas l'impression de lui mentir, ils pensent l'aider à garder un moral intact. L'innocence suffit-elle à guérir du cancer ? Ils n'ont aucune idée de ce qui se passe dans son esprit. Tom écoute, hoche la tête, dit qu'il a compris. Il acquiesce et repart dans ses jeux. C'est de son âge, cette sorte d'indifférence, mais cela laisse ses parents songeurs. Lorsque Alma et Philip l'emmènent chez le psychothérapeute sur les conseils de l'hôpital, il rechigne et, une fois sur place, tout en regardant le professionnel dans les yeux, il déclare qu'il n'a rien à lui dire, qu'il n'a pas besoin de se faire soigner chez le « psychopathe », mot d'enfant qui les fera sourire longtemps.

Pour compenser son peu de mots, ils ont trouvé un jeu qui les amuse terriblement. Lorsqu'il veut parler de sa maladie, Tom a le droit de dire tous les gros mots qu'il connaît. Alors parfois, sur le chemin entre la maison d'été et l'hôpital, avant la séance de chimiothérapie, dans la voiture qui file et tortille toutes fenêtres ouvertes, tête penchée au-dehors, Tom hurle au vent toutes les horreurs possibles, les mots les plus grossiers, les insultes les plus viles. Ses parents s'étonnent du nombre de jurons qu'il connaît, ce à quoi il réplique paisiblement que ce sont eux qui les ont dits en premier.

39

Empruntant le chemin qui passe devant la maison, les petits voisins vont se baigner en chahutant. Ils marchent en bande, gesticulent, parlent fort. Ils sont beaux comme des anges, avec leurs cheveux clairs, leurs visages mutins, leurs corps secs et souples brunis par le soleil. Alma les regarde. Les autres enfants lui sont devenus insupportables. La vue de leur vigueur, de leur santé, lui est pénible. Elle a du mal à endurer la manifestation débordante de leur innocence. Au ponton, leurs cris, leurs rires dans les éclaboussures, leurs jeux bruyants sont autant d'aiguilles qui s'enfoncent dans sa chair, elle se sent persécutée par leur joie épanouie, leur naïve insolence. Elle se force à les éviter pour ne pas se sentir acculée. Elle envie les parents qui les accompagnent, placides, indifférents. Elle leur en veut de pouvoir continuer à dire, sans même y réfléchir, Quand tu seras grand, pour parler d'avenir, tandis que celui de son fils est compromis. Elle admet que ce n'est pas un comportement sain, réfléchi, mais la blessure en elle est si vive qu'elle ne parvient pas à se raisonner. Alma est tout entière habitée par cette unique pensée, Dorénavant, mon enfant est plus mortel que les autres. C'est le constat pénible qu'elle fait et qui absorbe toute autre considération. C'est un sentiment qui la fend en deux. Elle voudrait s'abstenir de comparer, éviter les rapprochements. Elle sait que cela n'a aucun intérêt, mais elle n'y peut rien. Elle vit un supplice de ne plus avoir à contempler ces joies simples chez son fils. Lorsqu'elle y songe, elle éprouve une colère froide mêlée à un écœurement profond, un dégoût aussi violent qu'une nausée. Elle en a l'estomac retourné, les entrailles creuses, vidées. C'est une remontée acide de son ventre à sa bouche qui lui saute à la gorge, remonte en lui brûlant l'œsophage, une bile âcre qui la prend et ne la quitte plus. Elle lutte mais n'arrive pas à s'en débarrasser. Elle se force à saliver mais rien n'y fait. Ce sentiment d'injustice la pousserait à être mauvaise si elle ne se retenait pas. Elle craint de vouloir leur crier dessus, de les faire tomber, de leur faire mal. Elle a envie de les blesser pour venger ce fils qui n'a plus le droit d'être un enfant. Alors qu'ils passent devant la maison, elle serre les poings, pince les lèvres, le regard noir et le corps tendu. Elle se retient de leur hurler Allez-vous-en ! Au fond d'elle, elle sent qu'elle pourrait devenir odieuse, méchante et mesquine comme une vieille fille aigrie.

40

En été, c'est une question de principe, Alma vient au lac tous les matins. Rien ne lui ferait rater ce rendez-vous. À peine tirée du lit, elle ne cherche pas à comprendre. Elle enfile son maillot de bain, prend sa serviette et sort de la chambre. À pas feutrés, en essayant de ne pas faire grincer les marches de l'escalier sous ses pas, elle sort de la maison et file vers l'eau. Elle ne tire aucune fierté de cette routine qu'elle a adoptée sans difficulté, c'est pour elle un geste aussi simple que de s'étirer pour s'extirper de sa nuit.

Alma a son petit rituel. Sur le ponton, elle pose sa serviette et inspire calmement. Elle retarde un peu le moment où elle entre dans l'eau, éveillant d'abord ses sens l'un après l'autre. Elle profite de cette minute suspendue pour d'abord poser son regard et sa respiration. Elle contemple, elle écoute, elle sent. Lentement, elle finit par toucher l'eau d'une main, pour goûter la température avant de se mouiller. Le lac, lui aussi, se réveille et s'étire. Il lutine avec le vent qui le fait clapoter autour du ponton. Il garde encore un peu de cette tendreté matinale qui se reflète en un voile rosé étendu sur son dos. Alma s'immerge. Elle a l'impression d'échanger avec le lac de lentes réflexions, ce que la nuit a à tous deux apporté de répit ou de trouble. Il y a en cet instant un côté fusionnel, un retour à l'essentiel.

Alma éprouve quelquefois le besoin de revenir vers le calme du lac dans la quiétude des soirées silencieuses. Surtout cette année, puisque les journées ont déjà emmagasiné une chaleur inhabituelle dont l'air du soir se trouve chargé. Lorsque la pénombre commence à gagner l'intérieur de la maison mais que, dehors, le ciel est encore très clair, Alma retourne au lac. Au plus fort de l'été, la luminosité réfléchie par l'eau est suffisante pour se baigner sans crainte. Elle se plie à nouveau au même rituel. Elle hume, elle observe, elle se laisse guider par ses sens. L'eau lui raconte alors sa journée. Alma l'écoute et ne dit rien. En nageant, elle se contente de caresser doucement la surface de l'eau de ses mains, elle a des mouvements lents, presque tendres, et leur union tranquille ne souffre aucun dérangement.

Alma aime à se retrouver au ponton sans personne pour troubler le jour naissant ou pour brouiller le miroitement tout neuf du lac. Et le soir, quand la vie s'est calmée, quand les oiseaux ont rejoint leurs nids et les enfants du voisinage leurs lits, elle aime voir le lac tout doucement s'assoupir et sombrer sous le couvert de la nuit. Elle préfère éviter les heures les plus fréquentées, mais elle apprécie toutefois de venir en famille durant la journée. Elle aime voir le lac vivre au gré des allées et venues des humains, lorsque les jeunes baigneurs, inlassablement, se jettent à l'eau, ressortent et s'ébrouent.

Il arrive que Philip l'accompagne lorsque la soirée est douce. Comme Alma, il vient se délasser et abandonner les heures harassantes du jour passé. Parfois, ils croisent des gens qui remontent tranquillement en coupant par le verger après s'être baignés, mais, le plus souvent, il n'y a personne. Ils se retrouvent seuls comme de vieux amoureux. Ils ne parlent pas beaucoup, mesurent leurs gestes pour ne pas troubler la paix qui s'installe. Sans rien oublier, sans baisser la garde, ils profitent de ce moment hors du temps. Ils nagent côte à côte, goûtant ensemble au même plaisir. Ils s'enlacent après quelques traversées, détendus, repus de silence dans l'eau tranquille. Le lac devient le lit dans lequel, un court instant, enveloppés dans son drapé mouvant, ils retrouvent leur tendre complicité. Et puis, juste après, l'émotion les surprend et, parfois, leur étreinte s'achève en un sanglot orphelin.

41

Petites, Ellen et Alma se chamaillaient tout le temps. Adolescentes, elles s'étaient trouvé des centres d'intérêt communs, essentiellement les garçons qu'elles s'échangeaient et la musique qu'elles écoutaient. Puis elles avaient étudié dans des villes différentes et ne s'étaient pas manqué. Durant cette période, elles s'écrivaient de longues lettres. Celles d'Alma n'avaient ni queue ni tête, mélangeaient les préoccupations futiles et les interrogations métaphysiques, mais elles étaient souvent drôles. Celles d'Ellen étaient descriptives, précises, très bien construites, et drôles aussi. Lorsqu'elles commencèrent à travailler, Alma resta encore loin quelques années, alors qu'Ellen revint vivre près de leurs parents. Leurs rapports se distendirent. Puis leur père mourut et Alma rentra habiter dans la ville de son enfance. Elle ne dit jamais pourquoi. Ellen ne lui demanda pas si c'était par choix. Elles se retrouvèrent au même endroit, là où elles avaient grandi. On appelle ça le hasard ou les liens de la famille, mais cela revient au même, finalement.

Depuis qu'elles habitent dans la même ville, elles se voient une à deux fois par mois, un dîner, un café, une visite chez leur mère. Elles se sont redécouvertes, s'apprécient. Leur relation a mûri. Elles peuvent passer des jours sans s'appeler et, après de longues semaines sans se voir, se retrouver avec simplicité. Elles vivent côte à côte, elles habitent à deux pas l'une de l'autre, mais ne se montrent pas spécialement proches. Elles ont toujours préservé leur intimité. Ellen n'interfère pas dans la vie de sa grande sœur. Alma ne sait rien de la vie privée de sa cadette. Il y a entre elles une certaine pudeur, au point qu'elles n'entrent pas, par respect, dans la bulle l'une de l'autre sans y être invitées. Ellen a fait connaissance avec Philip le jour où Alma lui a annoncé leur mariage. Seul Tom a forcé le passage de leur intimité. Ellen s'est éprise de son neveu dès son arrivée. Alma se doute que sa sœur aimerait avoir un enfant, même seule, même à son âge. Elles ne parlent tout simplement pas de ces choses-là. De leur enfance, elles ont gardé le jeu du silence.

Venir s'installer dans la maison rouge pour l'été s'est pourtant imposé à Ellen. Elle-même ne saurait dire pourquoi, elle sent que sa place est là, aux côtés de sa sœur et de ce neveu qu'elle adore. C'est une mission qu'elle s'est donnée sans trop savoir comment la mener. Elle se sent gauche et déplacée depuis son arrivée. Elle n'a pas l'impression d'être d'une quelconque aide, sa présence est peut-être sans importance mais nulle part ailleurs elle ne peut aider sa sœur. Et puis il y a Tom. C'est inscrit dans ses gènes, dans ses veines. Cet enfant est un peu de son sang. Elle voudrait savoir comment le sauver. Comment devenir mère pour le protéger, elle qui n'a pas de famille, pas d'enfant. Elle ne supporte pas de savoir son petit neveu malade. Comme Alma. Leur mère Nana aussi a cet élan. Les femmes comprennent ces choses-là. C'est inscrit en elles, même si chacune l'exprime différemment.

Ellen est allée faire quelques courses. Elle a rapporté des fruits frais et colorés. Elle espère que Tom les trouvera appétissants, il mange si peu en ce moment. Quand elle rentre, elle croise Alma, les yeux rouges, le teint brouillé, les lèvres tremblantes. C'est évident, Alma a beaucoup pleuré. Elle ne veut rien laisser paraître, mais son corps tressaille encore. Elle semble implorer sa sœur du regard. Elle lui dit, Aide-moi, sauve-moi avant que je me noie dans mon propre chagrin. Ellen lâche son sac, court vers elle. Elle l'entoure de ses bras, la tient serrée contre elle, lui caresse les cheveux, lui murmure Ch-ch-ch. Elle n'a pas le contact facile, mais voilà que ces gestes de réconfort maternel lui viennent naturellement. Elle berce sa sœur, elle qui n'a pas d'enfant à consoler. Alma se laisse aller. C'est bon de s'en remettre à l'amour des siens, de se cacher sous leur aile protectrice, quand l'incertitude est si lourde à porter. La famille se reconnaît à ce qu'elle fait pulser le même sang dans des cœurs dissociés.

42

Philip regarde Alma. Il lui dit encore et encore et lui redit qu'il l'aime. Il la sent tellement tendue, tellement perdue. Il y a parfois cette faille qui s'ouvre entre eux, une entaille dans le ciment de leur couple. Ils savent bien que la façade se lézarde, mais ils veulent se convaincre que leur union a des fondations bien plus solides et profondes. Elles ont besoin d'être consolidées avec d'autres mots, d'autres gestes, c'est tout. Elles ont besoin d'un nouvel étayage.

Alma finit par craquer en face de Philip :

— Est-ce qu'on a vraiment besoin de tout ce drame, de toute cette tragédie ? Est-ce qu'il faut vivre tout cela pour éprouver notre couple, sa solidité ? Pourquoi cette mise à l'épreuve ? Je n'en peux plus, moi, de voir notre amour se fêler !

Parce qu'elle n'a plus rien à perdre, Alma devient dure, brutale :

— Tu m'as promis le bonheur et il n'y a que désordre et déconvenue. Et il faut rester digne. Il faut rester debout, enlever le doute, ne pas désespérer. Tu m'as promis le bonheur et il y a la souffrance. Et moi, je n'arrive pas à la surmonter.

Difficilement concevable, ce qui les unit le plus, leur fils, les amène à se blesser mutuellement. Entre eux, la rivalité s'immisce. Ils épient la place prise par l'autre dans le cœur de l'enfant. Ils le veulent exclusif, emmagasiner le plus d'amour possible. Qui est le meilleur soignant ? Qui l'enfant appelle-t-il ? Combien de temps passe-t-il avec son père, avec sa mère ? Mange-t-il davantage quand c'est elle qui lui prépare le repas ? À qui réclame-t-il une histoire ? Un dernier baiser avant d'aller se coucher ? Alors qu'une petite voix lui assure qu'il est légitime de vouloir sa place auprès de son fils, Alma est effarée d'éprouver cette jalousie qui lui ronge les sangs et rend chaque chose acide. De compter bassement les attentions de l'enfant, de mesurer la place de l'autre. De calculer le temps pris sur le temps à vivre. C'est petit, bas, moche. Comme si elle voulait détruire le peu de bonheur qu'il leur reste. Elle en est malheureusement arrivée là.

C'est dur de ne pas laisser la maladie de Tom envahir leur relation, prendre toute la place, faire la pluie et le beau temps, orienter chacun de leurs faits et gestes. Alors qu'Alma et Philip voudraient prendre de la hauteur, rester un peu encore dans les étoiles, la maladie leur fait sonder les profondeurs. S'ils ne font pas attention au mutisme qui s'installe, bientôt ils s'apercevront que leur dialogue a cessé, que l'entente entre eux s'est tue. La maladie creuse peu à peu une distance, divise la parole, désunit les corps, qui se déplacent dans l'incompréhension et le silence épais, dans l'absence de baisers, de mots tendres, disparus en même temps que l'intérêt. Dans le malheur, l'amour peut mal vieillir, mal tourner. Comment fait-on pour entrer dans le chagrin de l'autre ? Pour l'en soulager ? Ils auront beau essayer de comprendre, s'excuser, revenir en arrière, demander pardon ne sert à rien. La souffrance les sépare. Chacun est de son côté, las et fatigué. Ils n'ont plus la force de se ménager. Ils en sont conscients. Ils se détestent pour ce qu'ils vivent, ils s'en veulent de pouvoir faire si peu, de ne pas pouvoir stopper le cours du temps qui semble vouloir les broyer, les noyer ou les ensevelir.

Pourtant, même pris dans les sables mouvants, Alma et Philip s'aiment encore. Ils sont en manque l'un de l'autre. La situation leur échappe, ils n'ont plus le contrôle, tout cela est trop grand pour eux. Quand ils n'avaient que du bonheur à s'offrir, ils n'ont pensé qu'aux jours radieux. Ils ont fait comme tout le monde, ils n'ont retenu que « pour le meilleur » dans la formule ; quand on leur avait parlé du pire, ils avaient haussé les épaules. Aujourd'hui, ils vivent dans le déclin. Ils ne supportent pas le désordre, le flou, le chaos qui les éloigne l'un de l'autre. Ils ne sont plus nous, ils sont toi et moi. Leur couple flanche, bat de l'aile. Alma et Philip sont troublés de se voir s'entre-déchirer, de se sentir médiocres. Ils trouvent malheureux que, dans le plus total des mépris, le temps défasse les couples les plus soudés. Quelle tristesse, cet amour qui n'arrive plus à se dire, quel gâchis, pensent-ils, amers. Sans réaliser qu'avec ce simple constat ils restent fondamentalement unis.

43

Chère Alma,

Je viens seulement de lire ton courrier. J'en ai été très ému. Je regarde très souvent la photo que tu as jointe. À chaque fois, j'admire la force de ton petit bonhomme, que l'on devine sous les traits fins et enfantins. Tom est très beau. Il te ressemble.

Quant à toi, c'est comme si je découvrais une nouvelle Alma. Sur ton visage neuf, je lis tant de souffrance subie, et tant de courage face à cette épreuve insensée. L'empreinte de la douleur est gravée dans ton regard, la lourdeur du tourment sur tes épaules. Tu as la raideur de ceux qui doivent faire face à l'adversité. Ces signes révèlent généralement les caractères forcenés.

Tu me dis que tu te sens seule, que tu n'as pas l'impression que les gens prennent conscience de la gravité de votre situation, de ce que vous traversez. Les gens sont pudiques, je crois. Je me range parmi eux. Je suis tétanisé. Il est difficile de vous montrer à quel point vous forcez tous les trois mon admiration. Je ne sais comment vous le dire. Comme je ne sais prendre votre peine pour vous en décharger tant il est inconcevable d'imaginer votre impuissance, insoutenable de ressentir votre détresse. Je n'ose pas m'approcher de peur d'être celui qui tombe. Je ne veux pas poser les questions qui dérangent. Alors je me raccroche à ce que tu veux bien m'écrire. Les symptômes visibles, les difficultés de Tom, sa grande fatigue, tout ce que tu évoques à son sujet me parle, à moi, de votre déroute, de la difficulté à tenir un cap, de la violence des vents de tempête.

L'épreuve de la maladie est entrée dans ta vie, mais elle n'est pas la vie, tu le sais bien. La maladie, c'est juste un caillou qui fait trébucher, une entorse ou une chute dont on se relève, plus attentif ensuite aux pas suivants, que l'on effectue avec précaution, avant de revenir à la beauté du paysage. Un beau coucher de soleil, une nature généreuse, un vent chantant, autant de morceaux d'Univers qui apaisent et permettent de continuer. Rappelle-toi toute la beauté du monde.

J'imagine comme le chemin doit te sembler creux. Pourtant, la route est là et t'appelle. Et elle ne demande qu'à être empruntée, seule ou accompagnée. Elle est une invitation au mouvement, pas après pas, on marche et le cœur bat. C'est ça aussi, la vie. Une route qui nous avale pour nous faire exister.

Laisse-toi aller, laisse-toi porter, fais-toi confiance. Abandonne-toi à ta nature profonde. Puisses-tu être patiente. Accepter l'attente. Comprendre ce que tu dois faire, le but qui te dépasse. Tu vas devoir exorciser tes démons encore longtemps pour rester droite, le buste en avant, le front haut, comme sur cette photo. Tu es beaucoup plus endurante que tu ne le crois. Je suis sûr de ton courage et de ta détermination à ne pas laisser la fatalité diriger tes pas.

J'attends ta prochaine lettre avec impatience. La détresse doit se laisser dire pour se libérer. L'écriture possède des vertus qu'on ne peut négliger. Elle est un baume contre la douleur, un philtre pour la peur.

Je pense à vous trois, continuellement. J'espère pouvoir venir vous rendre visite le plus vite possible. Je t'embrasse, prends soin de toi.

François

44

Le lac est frais ce matin. Il semble avoir absorbé la rosée, bu l'eau du ciel et de l'obscurité. Alma fend l'onde avec son corps, comme si elle voulait pousser les petits nuages de ouate qui se reflètent devant elle sur le miroir lisse du lac. Elle nage lentement aux premières heures du jour, laissant la fraîcheur de l'eau pénétrer son corps par tous les pores de sa peau. Elle s'en imprègne jusque dans les dents, les os. Les étirements de la nage la réveillent en douceur. À côté d'elle, les nénuphars commencent tout juste à s'épanouir, les bourgeons suspendus sur leur tige épaisse percent la surface comme des épées.

Alma fait peu de gestes. Elle se laisse aller, portée par l'eau. Les oiseaux n'ont plus peur des mouvements lents qu'elle effectue avec ampleur. À son arrivée ce matin, ils avaient fui le ponton dans un bruissement d'ailes. À présent, ils passent tranquillement à ses côtés, indifférents au remous léger que provoque son sillage mesuré. Foulques, canards, harles se meuvent à la surface avec une nonchalance paisible. Imperturbables, ils défient l'immobilité en une nage presque imperceptible. Alma s'imagine oiseau, glissant en silence sur l'eau. Un instant, elle s'apaise, la peur se tait, des ailes lui poussent dans le dos. Elle ferme les yeux, prend son envol, surplombe la beauté tranquille du lac, s'élève dans le ciel, fend l'air. Elle plane, laissant le vent lisser ses plumes, glisser sur son ventre et la porter. Elle devient volatile et se soustrait à la lourdeur des jours. Elle arrive à respirer calmement, sans que cela ne soit un effort surhumain, sans que cela ne lui soit douloureux. Sans qu'elle ne se dise À quoi bon ? Elle sait que cela ne dure qu'un moment, une fois revenue sur le ponton, les questions, les doutes viendront de nouveau l'envelopper pour ne plus la quitter de la journée. Elle essaie de ne pas y penser, elle essaie de profiter de ce moment, mais déjà, l'apaisement n'est plus le même. Elle sent que le malheur vient de la rattraper, qu'elle ne pourra jamais plus lui échapper. C'est inscrit dans chacune de ses cellules, elle le porte en elle comme on porte un enfant. Elle et lui ne font qu'un désormais.

45

Tom vient de voir les petits voisins passer en trombe à vélo. Alma a surpris son air triste tout à coup. Parfois, Tom prend toute la mesure de ses difficultés. Il s'arrête, étonné de découvrir des limites inattendues, plus étroites que celles des autres enfants. Il en est tout surpris. Généralement, il contourne l'obstacle, il compense, il esquive. Depuis quand a-t-il ce réflexe de contourner sa propre volonté lorsqu'elle est stoppée net dans son élan ? Un instant, un instant seulement, il soupire, peut-être regrette-t-il, peut-être pense-t-il sa vie au conditionnel, et son regard s'éteint. Cela dure une seconde, l'instant d'après il a repris le cours de sa vie, il a repris son destin en main. Mais le vélo, il a dû faire une croix dessus, il n'y arrive plus.

Alma est allée lui chercher des framboises dans le jardin.

— Je suis triste parce que je ne peux pas faire comme les autres enfants, déclare-t-il en soupirant, pinaillant devant les fruits.

Le chagrin se lit sur ses traits tandis que l'émotion s'imprime en rides fines sur le visage d'Alma. Elle se rend compte à quel point Tom est désarçonné par ce qui lui arrive. Elle sait aussi que l'enfant a des ressources. Elle se souvient de ce jour où, en sortant de l'hôpital, concentré et sûr de lui, il avait eu ces mots, murmurés très calmement, Cancer, fiche-moi la paix. Il avait alors tourné vers elle son beau visage, un visage plein d'assurance et d'aplomb, comme transcendé par son intention.

Alma s'assoit à côté de lui, lui prend le visage entre les mains.

— Je te comprends. C'est dur de ne plus pouvoir faire comme tout le monde. Mais tu peux faire plein d'autres choses à ta façon, et c'est là qu'il va falloir faire preuve d'imagination. Ni papa ni moi n'avons de solution. Mais je sais que tu as du courage. Je sais que tu ne te laisses pas faire. Tu vas en trouver, des idées. Je te fais confiance.

Elle caresse les cheveux de Tom. Les yeux dans les yeux de son fils, elle continue :

— Laisse-moi te dire une chose. Je veux que cette phrase te rentre dans la tête par tes deux oreilles et ne sorte jamais de ton petit crâne. Tu n'es pas obligé de faire comme les autres. Tu peux être différent. Tu as le droit de faire les choses autrement. C'est plus compliqué, c'est sûr, ça demande un peu plus d'effort et de réflexion. Mais tu es en mesure de ne pas t'arrêter si on te dit non. Personne ne peut t'obliger à croire que tu as des limites. Tu m'entends ? Tu peux être beaucoup plus fort que ça. Je sais que, pour l'instant, tu as l'impression de ne pas avoir d'autre choix. Mais je t'interdis d'écouter ces mensonges. Ne laisse jamais la maladie te définir ni te priver de quoi que ce soit. Et laisse-moi te dire autre chose. Tu n'as pas besoin d'être malade pour que l'on te regarde, qu'on s'occupe de toi, encore moins pour que l'on t'aime, pour être toi.

Tom pioche une framboise. Il semble un peu rasséréné mais quelque chose le chiffonne encore, Alma le voit à son air renfrogné. Elle lui demande :

— Tu ne peux pas faire comme les autres, mais dis-moi, qu'est-ce qui te manque le plus, à part le vélo ?

Tom réfléchit.

— L'école.

Alma se force à rire. Elle l'enlace, le serre fort contre elle et l'embrasse avant d'ajouter :

— Mais c'est les vacances, bêta ! Il n'y a pas d'école durant l'été ! Tu n'as raté que quelques jours au moment de ton opération ! C'est fou qu'il faille manquer l'école pour se rendre compte à quel point on l'aime, non ?

Il sourit. C'est un beau sourire. Un sourire qui a oublié le chagrin aussi soudainement qu'il est venu. Avec la facilité qu'ont les enfants de quitter leur cafard pour passer à autre chose, Tom prend une autre framboise :

— Dis, maman, dès que je serai guéri, même si c'est dans longtemps, est-ce qu'à la rentrée j'irai dans la classe de M. Linden ?

46

Laureen a débarqué une demi-heure après avoir annoncé leur arrivée. Elle a prévenu qu'elle venait en famille. On restera aussi longtemps que vous le voulez, on s'en ira si Tom est trop fatigué. Dans son sillage déboulent son mari, un homme aussi calme qu'elle est volubile, leurs jumelles, des adolescentes incandescentes, ainsi que leurs deux chiens, d'énormes bouviers bernois. Laureen ne leur a pas trop laissé le choix. Alma ne se sent aucune motivation, n'a pas le cœur à s'occuper d'invités. Côtoyer des gens demande un effort qu'elle estime surhumain. Elle balade depuis des jours cette apathie envahissante qu'elle a du mal à supporter.

À peine sont-ils arrivés, un tourbillon de vie envahit la maison. L'atmosphère se relâche, se laisse gagner par une légèreté qui s'infiltre à la place de l'ambiance austère et plombée qui stagne habituellement. Les chiens courent dans tous les sens en remuant frénétiquement la queue. Les filles filent cajoler Tom comme deux grandes sœurs tendres et complices, indifférentes à son changement physique. Elles lui racontent leurs dernières aventures, touchent à tous ses jouets, font parler ses peluches en gesticulant comme des actrices. Elles déplacent tous les meubles dans le salon pour faire de la gymnastique, changent d'avis, décident de se lancer dans la confection du goûter. Elles veulent préparer des biscuits, insistent pour que Tom se joigne à elles. Amusé et ragaillardi, il se laisse entraîner.

Dans la cuisine, Laureen babille sans arrêt, à sa façon, elle a toujours habillé le silence de mots drôles et légers. Elle s'agite, en profite pour ranger un peu, dit-elle, fait du bruit avec les casseroles, ne fait que déplacer la vaisselle. Alma sourit, elle ne retrouvera plus rien ce soir, elle le sait. Laureen prépare les ingrédients pour les enfants. Elle a apporté le nécessaire mais en a oublié la moitié, n'a que du beurre et quelques œufs. Elle ouvre les placards, trouve farine et sucre, déniche saladier, spatule et fouet. Elle met le tout entre leurs mains. C'est au tour des enfants de secouer le silence.

Alma observe les hommes au-dehors qui discutent en faisant le tour du jardin, Laureen qui va et vient, les enfants qui s'affairent, les mains dans la pâte et les cheveux farinés, la frénésie des chiens qui lèchent tout ce qui tombe sous leur nez, l'espèce de fouillis, de pagaille gaie, le tourbillon d'énergie dont la cuisine est envahie. Elle réalise que Laureen sait très bien ce qu'elle fait. Elle laisse entrer la vie dans la maison de son amie. Elle la fait renaître dans l'âtre comme un feu presque éteint. Les sablés sont bien trop cuits, Laureen n'a vraiment aucun talent pour la pâtisserie, on les donne aux chiens, qui vont les enterrer au fond du jardin, sous le regard interdit de Philip. Les enfants ont mis du beurre partout, la cuisine est sens dessus dessous… Qu'importe. Alma sort du fond d'un tiroir du chocolat et un peu de pain. Lorsque les enfants, la bouche noire et le ventre plein, s'essaieront à un jeu de cartes, calmes et concentrés, Alma ira serrer Laureen contre elle et lui dira merci. Alma se laisse aller, elle apprécie. C'est une trêve, pense-t-elle, une éclaircie, comme la Voie lactée au milieu d'une nuit d'été. Tom, ce soir, s'endormira d'une bonne fatigue, vidé, heureux, la tête emplie de jeux, et Alma aura le cœur léger des journées bien remplies.

47

Depuis le début du protocole, l'état de Tom se dégrade. Lentement, inexorablement. De petit garçon vif et alerte, il est devenu un petit garçon amoindri et infirme. Alma ne supporte pas de s'apitoyer sur son fils. Son affliction se change en ressentiment. Elle ne sait comment faire autrement. Une colère monte en elle, volute noire, compacte et âpre.

Ellen attend sa sœur dans un café près de l'hôpital. Depuis quelque temps, elle voit qu'Alma s'agace. Cela ne lui ressemble pas, toute cette rage qui écume. Elle a les mots qui fusent, elle ne les contrôle plus. Ellen le sait, cette humeur en vrac, cette bile en ébullition, ce n'est qu'un masque sur la douleur, la détresse à vif.

Alma fait tourner son verre vide, ses mains sont furieuses et commencent à déchirer le sous-verre en carton :

— Il n'a rien fait de mal, Tom. C'est un gamin mignon, drôle et attachant. Un gentil petit gars, ni exigeant ni capricieux. Un enfant bien dans sa peau, heureux de vivre. Sincèrement, qu'est-ce que c'est que cette vie où les innocents doivent payer le prix fort et se font condamner ?

Elle s'étrangle. La rancœur lui saute au visage, telle une pieuvre enroulant devant elle ses bras furieux. Elle a du mal à poursuivre. Elle n'arrive pas à surmonter le sentiment d'oppression qui l'étouffe et la met hors d'elle. Le garçon de café apporte un autre verre et ramasse les bouts de carton avec un air agacé. Il ne remet pas de sous-verre sur la table. Alma s'acharne alors sur une petite serviette en papier. Elle fulmine encore :

— Je ne demandais rien, moi. Je ne demandais pas la lune, il ne me semblait pas être trop difficile. Je n'étais pas trop exigeante, ni bien regardante, j'en voulais juste un peu, comme tout le monde, juste une petite part de bonheur. Je voulais juste passer sur cette terre sans faire de vagues, sans trop faire de bruit. Je voulais marcher, regarder, écouter, découvrir et m'émerveiller. Je suis bon public, j'aurais pu me contenter d'admirer le monde et de m'extasier chaque jour un peu plus. Je voulais juste être tranquille, aimer et voir grandir mon fils. Mais non, il a fallu cette minuscule poussière pour étouffer la magie. Depuis, j'encaisse. Je ne me reconnais plus, je ne m'y retrouve plus. Je me méfie de tout. J'hésite, je renonce, je cède. Je me sens punie pour je ne sais quelle faute.

Ellen continue à se taire. Elle sent que cette idée amène un autre sentiment, plus intime, plus pesant. Sa sœur se sent coupable. Dans le silence qui suit, Ellen entend presque Alma avouer son crime. Cela doit la suivre partout, tout le temps, ce sentiment terrible, tapi au fond d'elle et roulé en boule comme un chien aux yeux implorants.

Alma jette le reste de la serviette sur la table et dit :

— Je suis en colère contre le destin qui veut m'arracher mon bébé petit bout par petit bout ! J'en veux au hasard de l'avoir choisi, lui ! Je ne veux pas que ce soit mon enfant qui souffre, moi ! Je ferais tout pour prendre sa place. Je suis sans défense devant cette injustice. Ce n'est pas humain, ce supplice. Le sort pousse le vice en m'épargnant, mais pour mieux s'attaquer à ce que j'ai de plus cher. C'est moi qui aurais dû l'avoir, ce cancer ! Je l'aurais certainement bien mérité ! Mais Tom, lui, dis-moi, que peut-il bien avoir à se reprocher ?

Alma a expulsé enfin toute la hargne et l'exaspération qu'elle a sans doute trop longtemps contenues. Elle se retrouve une fois de plus à ruminer l'absurdité de la vie, son ineptie. Ses mains se posent, inertes et fatiguées, sur la table du café. Ellen est bien consciente qu'Alma n'attend aucune réponse, aucune parole ne peut la consoler, alors elle se contente d'opiner tristement de la tête et de mettre tous les morceaux de papier dans le cendrier.

48

Quand elle se sent lasse, Alma va nager. Quand elle a besoin de se retrouver seule pour se ressourcer, elle va se réfugier dans le silence du lac. Quand elle flanche, elle va plonger ses yeux dans les eaux calmes du lac, plonger son corps dans la mouvance de l'eau, plonger son âme dans sa pureté. Ce contact à l'élément, son essence même, est la seule chose qu'elle s'accorde encore, sur laquelle elle ne tergiversera jamais. Il n'y a rien d'autre qui puisse aussi bien l'aider à tenir. Et pourtant, ces derniers jours, Alma a du mal à nager. C'est une violence à chaque fois tant son corps est exténué. Elle n'a plus vraiment de force, elle fait tous ses gestes de manière assez mécanique, elle est devenue automate, comme ces petits jouets qui enchaînent les pirouettes grâce à la clef qu'on fait tourner dans leur dos, sans ressenti, sans expression.

Alma se dit qu'il faudrait pouvoir accepter quand le destin nous gratifie d'une singularité dont on se serait bien passé. Mais une chose est sûre, même en y consentant, on ne s'accoutume pas à l'idée de son propre malheur. Alma voit bien qu'il n'est nulle part question d'adoucissement de la peine. Quand elle essaie de regarder les choses en face, sans déguiser la réalité avec des lambeaux d'espérance, tout est toujours aussi laid. Simplement, puisque le malheur lui est dorénavant familier, puisqu'elle le mange, le flaire, le respire à longueur de journée, il perd de sa superbe, de son âpreté, il devient terne et insipide. Elle constate qu'on ne s'habitue jamais à la blessure, on s'habitue juste à en ressentir la morsure. Même si l'intensité demeure, on finit tout bonnement par s'endurcir. Alma porte ce fardeau du mieux qu'elle peut, elle apprend à le caler sur l'épaule pour que ça n'appuie pas trop, elle sent de moins en moins son poids, elle se résoud à marcher courbée, le regard bas, à pas lourds et comptés.

Alma s'échappe pour tenter de dissimuler sa peine dans le repaire du lac. Grâce à cette fugue, le reste du temps, dévouée entièrement, elle est vaillante et à sa place, aux côtés de son enfant.

Et si un jour elle ne peut plus nager, si l'attente est trop longue, la pression trop forte, l'angoisse trop grande, si elle n'arrive plus à supporter l'injustice de la maladie, si elle n'en peut plus d'être enfermée entre quatre murs blancs qui puent la peur, la mort et l'odeur des médicaments, son esprit la portera sous un ciel intensément bleu, près de l'eau pâle du lac, dans cette nature qu'elle aime tant et qu'elle a gravée au fond de son âme en mille impressions de couleurs et de senteurs. Un paysage serein, familier. Un refuge pour son corps courbatu et son esprit délité.

49

Philip et Alma prennent le frais sur la terrasse. Ils ont joué avec Tom, un petit peu. Jouer avec leur enfant est devenu une occupation tellement inattendue qu'elle rend n'importe quelle activité plus ardente. Les distractions sont forcément moins physiques mais tout aussi enthousiasmantes. Depuis la maladie, leur fils se passionne pour les échecs. Diminué dans son corps, on dirait qu'il développe de nouvelles facultés. Son mental envahit l'espace de toute sa puissance. La vie, en bonne donneuse de leçons, lui rappelle pourtant chaque jour ses limites. Tom en est bien conscient. Il sait qu'il ne sera ni pilote de chasse, ni pompier, ni chanteur, qu'il devra avoir des rêves plus petits, des ambitions moindres, que la réalité est parfois une vacherie, et la maladie un piège qui s'est refermé au hasard sur lui. Malgré tout, il n'a pas l'air d'en être bouleversé. Il rit encore et ses yeux pétillent, la vie ne l'a jamais quitté. Rien ne résiste à l'incroyable volonté de cet enfant.

Alma se réjouit à l'idée que Tom trouve des activités ludiques, mais elle n'apprécie pas qu'il ne sache plus jouer seul, qu'il doive toujours être en compagnie de ses parents. Philip ne semble pas s'en inquiéter outre mesure, mais l'idée ne la quitte pas.

— Il faut qu'on change notre manière de faire.

— Qu'est-ce qui ne va pas pour toi ?

— Tom n'évolue plus que dans un monde d'adultes. Il faut qu'on le lâche, qu'on accepte l'idée qu'il continue de grandir, qu'on apprenne à supporter qu'il vive sans nous, comme prévu, comme avant. Il faut qu'on arrête de vouloir égoïstement passer chaque instant à ses côtés par peur d'avoir trop peu de temps, de partager trop peu de moments.

— Que veux-tu dire par là ?

— Je veux dire qu'on ne peut pas le mettre sous cloche et le garder rien que pour nous. Il ne peut décemment pas vivre ainsi collé à la peur de ses parents ! Il a une vie à mener, une vie faite d'expériences, d'apprentissages ! Une vie d'enfant, Philip, remplie de jeux, d'école, de courses effrénées, de mots écorchés, de collections de cailloux ou de bouts de bois, d'ennui sûrement aussi ! Cela signifie qu'on doit le laisser prendre des risques, le laisser filer même si nous préférerions être enchaînés à lui pour le protéger.

— Mais Tom a besoin de nous, c'est notre rôle de parents d'être présents !

Alma s'enflamme, elle se laisse emporter, elle tremble même un peu.

— Être présents mais pas envahissants ! Nous devons laisser de la place à son épanouissement. L'accompagner dans sa recherche d'autonomie. Nous devons le projeter dans un avenir et le créer pour lui s'il le faut. C'est dans l'ordre des choses. Il faut qu'il profite, qu'il vive sa vie comme il l'entend. Combien de temps ? La question est accessoire. Il a besoin d'un futur qui le fasse rêver. Offrons-lui le droit à un horizon. Celui d'une vie ordinaire et banale de petit garçon. Nous devons l'aider du mieux que nous pouvons, ce doit être notre objectif et c'est ce que nous allons faire. De manière délibérée, obstinée.

50

Tom demande que l'on passe de la musique ou qu'on lui lise un livre, mais il écoute à peine et très vite, il somnole. Il est alors paisible, il ressemble à tous les enfants qui s'assoupissent après une longue promenade, une belle journée, une course folle. Bien sûr que Tom est toujours le même, l'esprit vif et gai, lumineux. Là, dans ce corps mis à mal, il porte en lui la même âme. Pourtant Alma a du mal à s'en convaincre. Après son bras sans vie, et sa jambe faible qui l'oblige à se déplacer à pas lents et incertains, c'est maintenant au tour de son visage de ne plus répondre. Aucune expression ne vient animer le côté gauche de sa figure. Alma ne s'habitue pas à ces petites infirmités, au visage tordu, sourire à demi, aux mots difficilement articulés, au bruit de son pas, jambe traînante, pied tapant le sol, à son bras pendant et désarticulé, main nouée. La maladie inflige au petit corps de Tom un joug aussi indolore qu'inutile.

Toute sa vindicte, Alma la reporte sur Philip. Lui, si posé, si rationnel, si mesuré, qui réagit toujours comme il faut. Elle qui le voyait sans défauts se met à lui en vouloir pour tout et n'importe quoi, une assiette sale, un raclement de gorge, une façon de répondre sèche ou péremptoire. Ils ne sont plus d'accord sur rien. Ils ont perdu leur cohésion. Alma devient électrique à chaque fois qu'ils s'adressent la parole. Elle a l'impression qu'il arrive à tout maîtriser, la situation, ses émotions. Alors qu'elle est au bord de la crise de nerfs en permanence, il reste posé, mesuré en toutes circonstances. Cela la rend folle, elle lui en veut tellement de ne pas affirmer sa haine, de ne pas taper du pied en haussant la voix, de ne pas être colérique, indigné, mû par la rage, de rester tempéré dans sa dérive. Elle lui en veut tant de ne pas gérer sa peine avec ses tripes, avec ses poings. Alma, elle, a besoin de la sortir d'elle-même, fût-ce avec ses mains, ou des griffes, des ciseaux, elle a besoin de la sortir avec des mots, souvent pleurés ou hurlés, rarement mûris. Ils font des dégâts, elle le voit bien, mais elle n'arrive plus à les retenir. Les garder en elle, ce serait s'éventrer, se poignarder à longueur de journée, se planter mille lames dans le cœur et jouer avec, les faire tourner encore et encore pour que ça fasse mal, mal, mal à en crever.

La colère, ça peut changer une personne. Alma, qui n'aurait jamais fait de mal à une mouche, se met à leur arracher les ailes. Après avoir vu, subi, après avoir enduré, voilà qu'elle sort de ses gonds. La rage est en elle, immense, effrayante, bouleversante. Elle a pris de l'ampleur, s'est nourrie de frustration, de tristesse et de souffrance. Elle échappe à tout contrôle, effroyable, sort les griffes, un ours géant, c'est ça, une colère sauvage et affamée, qui regarde à présent le monde en face, toise le malheur et d'un coup de patte s'apprête à tout réduire en bouillie. Alma ne supporte plus de se sentir muselée, elle ne veut plus endiguer sa colère, oscille entre détresse et fureur, espoir et nuit noire.

Philip encaisse, laisse passer la tempête, il connaît ces accès d'humeur qui se soulèvent comme des ouragans. Il sait que cela ne sert à rien de rentrer dans le jeu d'Alma, ni de vouloir l'arrêter. Il préfère s'éloigner, laisser la colère à qui elle appartient. Il fait le dos rond, il tentera de parler avec elle lorsqu'elle se sera calmée. Mais pour l'instant c'est un vent fou dans les yeux de sa femme, dans sa voix et ses gestes, un vent rageur qui la retourne et la laisse pantelante, hagarde, comme un épouvantail désarticulé dans un champ d'hiver.

51

Ce matin, ils ont de nouveau rendez-vous avec l'équipe du docteur Feuer. Les mots employés, le ton monocorde, ne laissent rien présager de bon. Réaction, inflammation, progression. La tumeur de Tom, cellules folles, se développe encore. Les médecins craignent que le pronostic vital ne soit engagé. Ce qui se dit en filigrane, c'est que, petit à petit, Tom s'en va. Avec Philip, Alma reçoit les mots les uns après les autres comme autant de coups portés au visage. Elle pose des questions, elle veut comprendre où ils en sont. C'est encore un peu tôt pour se prononcer, mais ils ont peu d'espoir. Ils avouent à demi-mot leur impuissance. Ils ont déjà abandonné. Elle insiste, demande des détails, des précisions. Elle se braque. Elle s'offusque devant leur manque de motivation et d'implication. Elle perd patience devant leur passivité. Une ivraie s'empare d'elle et de son corps tout entier, la submerge, la fait déborder. Enragée. Voilà ce qu'elle devient. Elle ressent une colère aussi incontrôlable qu'un incendie. Elle brûle, elle se consume et pourrait disparaître en fumée car il y a désormais en elle un brasier inextinguible. Elle est devenue incandescente.

Le feu a grandi en elle, a formé une boule qui s'échappe en flammes que rien ne peut retenir. Elle tente de le contenir, mais devant la faible réaction des docteurs, leur air morne et buté, elle sent qu'il enfle et que rien ne va pouvoir l'arrêter. Il est temps qu'ils comprennent. Elle leur coupe la parole, leur fait face, de la braise dans le regard, de la lave en torrent coulant de sa bouche.

— Si je vous comprends bien, il n'y a plus rien à faire ? Vous n'avez plus rien à essayer ? Rien d'autre à tenter ? En fait, vous n'y croyez plus ? Et je devrais vous écouter ? Vous laisser capituler ? C'est ça que vous êtes en train de me dire ? Vous ne laissez à Tom aucune chance de survie ? C'est bien ça ? Soyons clairs sur un point : ne me demandez pas de cautionner votre apathie ! Croire que je le peux est barbare, sauvage et inhumain ! Jamais je ne laisserai le destin de mon fils se résumer à des statistiques, des petits calculs de probabilités ! Jamais, jamais je n'abandonnerai, vous comprenez ? Jamais je ne remplacerai l'espoir de la guérison par le néant insupportable de l'inaction !

Elle s'arrête, étouffée par l'émotion, reprend son souffle puis finit la voix tremblante :

— Vous pouvez penser ce que vous voulez, que je suis à bout, dans le déni le plus complet, que je deviens folle. Je m'en fiche ! Moi, je crois que c'est vous qui êtes fous ! Quand on accepte que l'attente de la mort soit le quotidien d'un enfant, c'est qu'on a perdu la raison ! Je suis peut-être folle, mais c'est de rage, croyez-moi ! Parce que c'est insupportable de vous voir baisser les bras ! Parce que si vous renoncez, qui va sauver mon enfant ?

52

Alma n'a pas bien dormi. Elle s'est levée très tôt, dans la maison silencieuse. Elle porte encore sur son corps la sueur de la nuit. Elle tourne en rond, elle bout intérieurement, comme si la température extérieure influait sur ses idées. Elle se sert un café fort pour essayer de dissiper cette torpeur étouffante. Elle se laisse envahir par un sentiment sourd d'énervement et d'irritation. Elle n'en peut plus. La lenteur exaspérante des journées qui s'écoulent, une à une, sans discontinuer, imperturbables. Philip et son anxiété jugulée, tue, asphyxiée. Ellen toujours discrète, prévenante, attentionnée. Les médecins et leurs paroles blasées. Et Tom, Tom, son enfant, son chéri, qui s'évapore chaque jour un peu plus, dans l'indifférence générale. Elle repose sa tasse qui cogne sur la table. Sans plus attendre, elle file au lac.

À peine arrivée, Alma se jette à l'eau. Elle est encore meilleure que la veille. Alma fait quelques brasses, mais elle sent qu'elle n'a pas assez de régularité pour enchaîner les longueurs. C'est moins une question de puissance que de concentration. Sa nage est désordonnée, excédée. Alma n'arrive pas à exécuter des gestes fluides, elle martèle l'eau, elle a le souffle haletant, elle ne parvient pas à se calmer. Elle est encore furieuse. Elle se met à frapper. Frapper, frapper, frapper la surface lisse de l'eau, qui explose en gerbes tremblantes sur le miroir aquatique. Elle frappe à s'en faire mal aux poings. Elle frappe encore pour briser le calme, le silence et le bleu, pour faire éclater le ciel pur en mille morceaux, pour casser ce qui l'entoure, ce qui l'étouffe. Elle bat des pieds aussi, elle donne des coups en lançant ses jambes dans l'eau lourde. Après avoir essayé de canaliser cette fureur, elle veut à présent l'anéantir, c'est un combat de titans. Elle frappe pour enfin se libérer de sa rage, lâcher sa colère, son indignation, son écœurement. Elle sent toute l'intensité de la frustration accumulée progressivement. Elle augmente le tempo de ses coups, leur vigueur, elle cogne dur la surface de l'eau. Elle frappe, elle laisse des larmes de rage couler sur ses joues, elle évacue toutes les tensions. Elle se défoule entièrement. Vidée enfin, elle se laisse couler. Ensevelie, elle hurle muettement, elle éructe sa peine, elle crache ce cri de douleur sous l'eau, bouche ouverte, son étouffé, elle laisse tout l'air coincé sortir d'elle, les bulles remontent sur son visage en colonnes serrées.

Lorsqu'elle s'arrête enfin, elle rejoint le ponton et y reste un long moment, les mains en feu, le cœur battant. Loin de ressentir un quelconque apaisement, elle se sent épuisée, vidée, meurtrie.

53

Tom est assis à la table du petit déjeuner. Il n'a presque pas touché à son bol. Il tient sa tête de la main, coude sur la table, et regarde dans le vague. Alma lui demande ce qui lui ferait plaisir ce matin. Elle voudrait qu'il réponde n'importe quoi. Même si c'est inhabituel, irrationnel. Elle aimerait tant l'entendre dire qu'il a envie d'avaler des tartines, du chocolat, du saumon mariné, même des choses répugnantes, si cela lui chante. Elle serait prête à aller lui chercher des fruits exotiques improbables et hors de prix si c'était ce qui lui faisait envie. Il semble réfléchir. Soudain, il se redresse. Il s'arrête dans son élan, et regarde sa main. Des mèches de cheveux coincées entre ses doigts tombent sur la table, épars. Alma les ramasse, les fait tourner entre son pouce et son index, elle se retient de passer une main dans la chevelure de son fils de crainte de les faire tomber par poignées. Nullement effrayé, Tom se penche, intrigué, puis rit, et son rire est comme de l'or, de la poudre d'or pur qui s'envole en un nuage pailleté comme le bonheur d'avant.

Tom finit par demander des crêpes. Alma se mordille la lèvre, elle va lui en préparer, mais elle sait que ce sera comme la veille, et comme l'avant-veille. Il en prendra une ou deux bouchées, puis il repoussera son assiette. « Elles n'ont pas le même goût que d'habitude, maman », dira-t-il en soupirant. L'appétit le quitte à petits pas lents. La maladie jusqu'ici tapie dans les plis secrets de son cerveau montre les dents, laissant son empreinte dans le corps de l'enfant. Le cancer ronge tout doucement les heures passées à grandir sans histoire. Tom est peut-être surpris ou contrarié mais il ne le montre pas. Il laisse courir ses émotions comme une bise ou un torrent, il ne les retient pas. Il ne s'arrête pas à ces détails sans importance, ces soucis de grandes personnes. Ce corps à la diable, cette faim qui disparaît, cet état nauséeux qu'il traîne du matin jusqu'au soir, ces touffes de cheveux clairs qui se détachent de son crâne, il laisse cela à Alma qui, impuissante, en fait le pénible constat. Quelques gestes manqués, quelques kilos en moins, quelques cheveux tombés et l'innocence a filé.

54

Ce matin, Ellen a tenu à venir à l'hôpital, mue par la nécessité d'être avec son neveu. Elle veut partager ce moment avec lui. Alma et Philip les ont accompagnés jusqu'à l'étage d'oncopédiatrie. Le service soudain s'anime. Comme chaque semaine, affublés de costumes bigarrés et de grandes savates, de nez rouges et de ballons multicolores, les clowns passent de chambre en chambre pour distraire les enfants. Ils sont deux, ils sont maladroits, farceurs, extravagants. Tom rit de bon cœur à leurs mimiques, se laisse duper par leurs tours de passe-passe. Alma n'a pas le cœur à la fête, leurs grimaces et pitreries n'y peuvent rien changer. Elle ressent la tristesse des clowns d'hôpitaux. Alors que les enfants s'esclaffent, les parents serrent les dents et cachent leurs larmes sèches. Eux seuls savent combien des clowns peuvent être désespérants.

Philip et Alma ont préféré s'échapper. Ils sont à présent installés à une table à l'écart, à la cafétéria. L'endroit ressemble à un couloir aménagé à la va-vite. On y sert des boissons instantanées et des plats à réchauffer. Ils prennent un café à la machine, il n'est pas si mauvais. Philip sent qu'Alma est épuisée. Qu'elle a éclusé toute sa colère et raclé le fond. Le désarroi qui monte en elle peut à tout moment la dissoudre. Elle doit exorciser ce trop-plein d'émotions pour qu'il existe en dehors d'elle, sinon il va se transformer en fardeau impossible à porter. Elle essaie de contenir ses pensées, autant de fragments de peine qu'elle voudrait jeter à bas. Elle finit par lâcher :

— Se demander pourquoi le malheur nous tombe dessus n'a aucun sens, je le sais bien, mais c'est terriblement humain. On a l'impression que tout devrait avoir une raison, une explication. Quelle erreur ! On vit sans une égratignure et puis soudain… Avec la maladie, tout se décale, les roues ne tournent plus dans les engrenages, rien n'est plus à sa place, il n'y a plus aucune certitude, sauf celle du danger imminent. La maladie donne une tout autre direction aux choses, aux gens. Après, vivre demande un tel effort… Tu crois, toi, qu'on est obligé de souffrir pour être heureux ? Qu'une vie sans épreuve ne serait vraiment qu'une vaine existence sans intérêt ?

Elle boit une gorgée de café, les yeux dans le vague, puis reprend :

— J'aimerais pouvoir te dire que je l'ai toujours su. Te dire que j'ai senti la maladie dans le corps frêle de notre bébé. Que j'ai vu des signes, entendu des voix, senti que le bonheur serait de courte durée. Mais il n'en est rien. Je n'ai rien vu venir. Aujourd'hui, ce que je regrette, c'est de n'avoir pas assez profité de cette joie pure, facile et sans tracas. De n'avoir pas vécu chaque instant de l'enfance de Tom avec entrain, sans me soucier des petits bobos quotidiens. De n'avoir pas su goûter à chaque jour qui passait, identique et lent, sans être excitant. Je m'en veux de ne pas avoir saisi la chance que j'avais. Parfois, je craignais des choses. Je m'imaginais des drames. Un accident bête. Une chute de vélo. Une bagarre avec un garçon plus fort que lui. J'avais peur qu'à l'âge adulte Tom ait de mauvaises fréquentations, qu'il boive ou qu'il se drogue. Qu'il aime la violence. Qu'il devienne criminel. Je me faisais tout un cinéma et puis, finalement, j'oubliais. Jamais, jamais je n'avais imaginé la maladie. Le cancer ne faisait pas partie des risques potentiels. Je ne sais pas pourquoi, dans ma grande naïveté, je me disais que les enfants n'étaient jamais concernés. J'étais si sûre de moi, Philip. Si sûre que la vie l'épargnerait. Pourquoi est-ce sur lui que le sort a décidé de s'acharner ? ajoute-t-elle, la voix étranglée.

Philip regarde sa femme tendrement, lui tend une main par-dessus la table. L'émotion les étreint maintenant, l'émotion qui ne se dit pas mais qui remplit les yeux et alourdit le cœur.

— À un enfant, on veut offrir la confiance et la sécurité. À un enfant malade, qu'est-ce qu'on offre ? Le doute, l'incertitude, la peur devant le vide. La faillibilité.

Philip pense qu'on lui offre la force du courage et la persévérance, et tout l'amour aussi, mais, devant Alma abattue, il n'ose rien ajouter.

55

Dehors, le jour est une fête. La lumière est splendide et l'été bat son plein. Pourtant, aujourd'hui, Alma enfouit la tête dans son oreiller, espérant peut-être s'y étouffer. Il faut dire que son sommeil est mauvais, haché, brouillé. Elle a souvent des insomnies. De celles qui creusent les joues et collent des ombres noires sous les yeux. De celles qui emportent tous les rêves avec les heures de repos. De celles qui massacrent les pensées, absorbent les sentiments, font tourner en boucle les idées sombres. Les nuits triplent de volume, les minutes ne passent plus. Elle a alors le cœur engourdi et les yeux grands ouverts. L'épaisseur de la nuit lui colle à la peau. Alma pourrait rester au lit toute la journée sans pour autant trouver le repos. La douleur ne se cantonne plus à un état d'âme, elle descend de la tête vers le corps, le traverse de toute part, devient organique. Dès qu'Alma ouvre un œil, elle est prise par l'angoisse de la réalité et elle vacille le reste de la journée. Elle suffoque, manque d'air, l'œsophage prêt à se refermer pour ne plus laisser passer ni souffle, ni vie.

Ces jours-là, les jours où l'espoir fout le camp, les

mots ne peuvent plus exprimer son naufrage et c'est son corps qui prend le relais. On dit qu'un corps envoie des signaux. Le sien est tout entier serré dans un étau, gorge nouée, poids sur les épaules, la chair à vif et les sensations en déroute. Elle éprouve des vertiges dès le réveil, des douleurs diffuses, des spasmes, des étourdissements. Et plus que tout, elle éprouve cette fatigue physique et morale que la résignation inflige. C'est une vraie lassitude, pesante et pénible, qui s'insinue en elle. Alma se sent vidée, à bout. Il ne lui reste qu'une impression d'extrême fatigue. Elle n'a plus envie, même le soleil n'y fait rien. Elle ne tend que vers la langueur et c'est déjà bien trop. Elle voudrait pleurer et n'en a même plus la force. À terre, elle est à terre, elle ne sait pas si elle peut aller plus loin, ni combien de temps elle peut encore espérer tenir dans cet état. Elle n'a plus aucun discernement sur ce qui l'attend.

Et pourtant, elle ne cède pas. Au cœur de son épuisement, après ces longues heures sans sommeil, Alma se dit qu'elle doit continuer. Étrangement, elle se sent habitée par une vigueur qui la contraint à avancer. Si cassée soit-elle, elle est toujours en lutte. Même lorsqu'elle tremble, même quand elle trébuche, elle est mue par cette volonté qui la fait tenir. Sous le poids de l'épreuve, elle ne rompt pas. Elle mobilise toutes ses forces, c'est un effort surhumain. Ce matin comme tous les autres, Alma se lève pour affronter sa journée.

56

Julia est venue passer l'après-midi à la maison rouge. Elle joue le rôle de la fille enjouée, veut absolument aller se baigner. Alma n'y tient pas. Le lac, c'est son moment à elle et aujourd'hui elle n'a pas envie de le partager. Mais Julia insiste, elle dit que c'est pour son bien, qu'il ne faut pas qu'elle se laisse aller. Alma finit par céder. Il fait encore une chaleur à crever. Au bout du ponton, le lac les attend. Sa fraîcheur a quelque chose d'enivrant. Les filles plongent en même temps et, sans un mot, nagent un long moment. Elles se laissent ensuite sécher par le soleil. La bonne humeur feinte de Julia s'est estompée.

C'est elle qui, dans un murmure, rompt le silence en premier :

— Alma, que puis-je faire ? Comment t'aider ?

Alma se saisit de la main de son amie et s'y accroche.

— Je sais que tu es là. Je t'en suis reconnaissante. Ta présence me rassure. Mais ne me demande pas ce que j'attends de toi. Je n'en sais rien. Je voudrais tellement savoir quoi faire, quoi vouloir. J'en suis incapable. Je n'en ai pas la force. Je suis complètement déboussolée. Je ne suis pas en mesure de répondre aux attentes de ceux qui veulent m'aider. Je n'ai aucune idée de ce qui peut faire du bien, ni à toi, ni à moi, je n'ai pas ce discernement-là. Je n'arrive pas à me faire une raison, à accepter ce qui se passe. Ça va trop vite, je n'arrive pas à assimiler ce qu'est devenue ma réalité. Je me débats avec mes propres pensées, mon propre raisonnement, mais je ne sais plus rien. J'aimerais qu'on continue à me considérer comme avant, mais je le vois bien, même toi, tu ne peux pas t'empêcher de me regarder avec ce petit air penché et condescendant. C'est inconfortable de devenir victime dans le regard des autres. Je ne supporte pas d'incarner le malheur, d'être celle à plaindre. D'être le sujet de conversation que l'on aborde à l'heure de l'apéro, le fait divers dont tout le monde parle. Et en même temps, j'ai tellement besoin de sentir les gens autour de moi, savoir qu'on pense à nous, qu'on ne nous oublie pas, parce que, sinon, je ne tiens pas.

Julia la regarde, les yeux embués.

— C'est ce que j'appelle l'ambivalence des sentiments. Tu ne veux pas être la victime mais tu voudrais qu'on te prenne dans les bras. Tu prends des poses de martyre mais tu ne veux pas que l'on te plaigne. Tu voudrais juste pouvoir rire et pleurer au milieu.

— C'est à peu près cela.

Julia laisse son regard fuir vers la rive opposée. Après un long silence, elle demande :

— Je peux te serrer contre moi ?

Alma s'abandonne à l'étreinte amicale. Julia sent toute la tension accumulée dans le corps de son amie. En douceur, elle commence à masser ses épaules endolories. Telles de petites fées, ses mains passent sur les clavicules, la nuque, le dos d'Alma et aident les raideurs entêtées à se relâcher. Julia masse comme si elle voulait froisser la fatigue de ses doigts, la réduire en une boulette de papier inutile qu'on peut ensuite jeter. Alma se laisse aller, puis quelque chose cède en elle et elle se met à pleurer de longues larmes silencieuses et libératrices. Julia continue comme si de rien n'était. Elle connaît le langage muet qui soulage et répare les corps des âmes brisées.

Ensuite, dans le jour qui s'éteint, assises l'une à côté de l'autre, elles laissent passer le temps, celui qui calme le feu du soleil et celui des blessures. Le lac offre dans ses reflets dorés de quoi se consoler, un peu de compassion, d'odeurs et d'abandon.

57

La chaleur écrase le jardin, la maison, les bruits. Seule la méridienne, à l'abri sous l'auvent de toile, conserve encore un semblant de tiédeur supportable. L'air porte en lui cette odeur de sécheresse, une odeur de foin et de poussière. Le vent s'est tu, vaincu. Rien ne bruit, on n'entend plus que les pommes de pin qui éclatent sous le soleil. De mémoire, les anciens disent n'avoir jamais connu ce temps-là, même lors de la grande canicule, il y a de cela des années.

La tête de l'oiseau est venue frapper le carreau. Le bruit mat et grave a fait sursauter Alma. Elle l'a vu ensuite, étendu, immobile. Elle est sortie de la maison. Sonné, l'animal est allongé dans l'herbe. Cela arrive assez fréquemment, les vitres se font face et constituent sous un certain angle un piège invisible. Les oiseaux croient pouvoir les traverser. D'habitude, quand l'un d'eux se cogne ainsi, il y a ce bruit sec, puis le volatile repart. Parfois, Alma a le temps de le voir, posé à terre, étourdi, bougeant à peine son cou, remuant à peine ses ailes, attendant de reprendre ses esprits. Celui-ci est-il plus gros ? A-t-il tapé plus fort ? L'impact semble avoir été plus violent. Alma le laisse, pensant qu'il finira bien par reprendre sa course. En fin d'après-midi, elle revient voir ce qu'il en est. Le volatile est toujours là, inerte. À la tombée de la nuit, Alma retrouve l'oiseau étendu sur le dos, pattes en l'air, raidi. Elle est envahie par un sentiment triste et confus. Elle va chercher une pelle et une balayette, ramasse le corps avec dégoût, puis va le jeter au fond du jardin, sur le tas d'herbes coupées et de branches mortes.

Une heure après, prise d'une sorte de remords, d'une émotion subite et d'une superstition enfantine, Alma va récupérer le corps de l'oiseau jeté sans ménagement. Délicatement, sous les ramures d'un pin, elle prépare un lit de brindilles et de mousse sur lequel elle l'étend avec douceur. Alma le recouvre de larges feuilles. Elle reste un instant devant cette sépulture éphémère. C'est ridicule, mais elle se sent ébranlée. Elle éprouve un besoin irrépressible de se recueillir. Cela lui tombe dessus sans qu'elle sache pourquoi, sans prévenir. Elle murmure alors une prière qui lui vient soudainement, se signe et conclut dans une plainte sourde, S'il te plaît, aide-moi, protège-le, épargne-nous.

58

Alma et Philip se sont disputés et Tom est inquiet. Il n'aime pas les entendre se fâcher, écouter leurs voix gronder, s'élever comme le panache de fumée des volcans qui éructent, il n'aime pas le tremblement de leur colère. Il n'y est pas habitué, il se sent menacé.

D'un air faussement indifférent, il demande à Ellen :

— Tu crois que papa et maman vont divorcer ?

Ellen le prend dans ses bras, le couvre de baisers, lui assure que non, il ne faut pas qu'il s'inquiète, ils sont juste un peu fatigués, ça va passer. Elle plaisante en lui disant que si ses parents se séparaient, elle pourrait alors l'adopter. Elle n'a pas d'autre argument que celui de lui rappeler qu'il est aimé. Elle aimerait tant le rassurer, le rendre inébranlable. Elle ne se sent pas toujours à la hauteur. Elle voudrait être pour Tom un rempart, le protéger, toujours. Elle voudrait devenir granit, pierre de taille, grande muraille.

Ellen en parle à Alma, le soir, sur la terrasse, face à la nuit qui refuse de faire son lit.

— Je serai toujours surprise par la réaction des enfants. Leur capacité à s'oublier. Tom ne craint pas sa maladie, même si ses symptômes sont de plus en plus prononcés. Son corps amorphe, son visage déformé, ces nausées, cette fatigue. C'est comme si cela n'avait aucune importance pour lui. Non, sa terreur la plus grande serait de vous voir séparés.

— Moi, je n'arrive pas à faire abstraction, répond Alma, songeuse. Cette maladie me mine et m'humilie. Je sais bien que je ne suis qu'un dommage collatéral, que la vie gâchée est d'abord celle de Tom. Je tente de ne jamais l'oublier, mais j'y suis tout de même mêlée. Ce n'est quand même pas de veine. N'avoir qu'une vie et se retrouver piégée dans le malheur d'un autre. Moi qui pensais être seule responsable de mes actes et de la vie que je voulais mener, orfèvre raisonnée, ouvrière de mon propre bonheur. Finalement, peu importe, le hasard a toujours le dernier mot. D'ailleurs, il nous ment, il ne fait pas toujours les choses bien. Il se joue de nous et de nos priorités, nos buts, nos projets. Le destin est un escroc, il nous arnaque à coups de promesses qu'il ne tient pas. Il faudrait que l'on puisse en rire, dire que ça ne compte pas. Mais je n'y arrive pas.

Elle soupire avant de poursuivre :

— C'est fou, on ne mesure pas assez à quel point la chance est inégalement répartie dans la vie. Il y en a qui ne tombent jamais en disgrâce, qui n'en verront jamais la couleur, il y en a qui arrivent à esquiver, s'en sortent avec seulement quelques éclaboussures. Forcément il y a à l'extrémité de la chaîne les irrécupérables, dans le malheur jusqu'au cou, on ne sait pas jusqu'à quand et jusqu'où. Je me croyais chanceuse, j'étais juste inattentive. Je n'ai eu aucun pressentiment. Personne ne m'a prévenue. Le malheur se résume à une perte d'équilibre, un renoncement à vivre une vie en harmonie. Alors je ne sais pas, toi, tu crois qu'avec Philip, on va divorcer ?

59

À l'hôpital, Alma et Philip accompagnent Tom pour un oui, pour un non. Des soins, des examens, des urgences. Pas deux jours qui se suivent sans qu'ils ne doivent s'y rendre, pris de doute, apeurés. Les effets secondaires sont nombreux et fréquents. Une toux gênante, une douleur persistante, des maux de tête envahissants, des vomissements. Salle d'attente, salle d'examens, salle de soins, le monde hospitalier n'a plus aucun secret pour eux. Une petite valise est en permanence posée dans l'entrée de la maison d'été. Parfois ils partent pour une heure ou deux, le temps d'être rassurés. Il leur arrive, en d'autres occasions, d'y passer la nuit, lorsque Tom reste en observation.

Pour les parents, l'inquiétude s'immisce, lancinante, à chaque nouveau résultat d'examen. Le docteur Feuer prend le temps de les recevoir longtemps, leur explique avec patience, répond à leurs questions encore et encore. Mais la situation ne va visiblement pas dans le sens d'une amélioration. Il va devoir statuer pour la suite des traitements et il n'a pas beaucoup d'idées.

Irrationnels, Alma et Philip sont prêts à tout. C'est le temps des négociations. À la maladie, ils demandent un répit, une absence de progression, un état stable, des changements non significatifs. Un peu de temps sans nouvelle détérioration. Pour un sursis, ils veulent bien se saigner, si cela permet de gagner sur la tumeur, de reculer l'échéance, d'atténuer les effets secondaires. Pour un peu moins de symptômes, un peu plus de confort, ils acceptent d'en baver eux aussi. Ils sont prêts à se sacrifier pour une option valable. Ils élaborent des plans, réfléchissent à une stratégie. Ils discutent avec les docteurs, fraternisent avec les professeurs, ils cherchent des accords, sont prêts à payer très cher, à s'endetter à vie pour un traitement qu'il faut aller acheter à prix d'or ou au marché noir. Avec le Ciel, ils pactisent. Une amélioration, une rémission, une guérison subite. Un miracle contre une vie de martyr, une vie de renoncement, une vie ascétique. Ils sont prêts à marcher à genoux comme des repentants le reste de leur temps. Ils marchandent tout, leurs passions, les années qui leur restent, leur amour pourtant si précieux. Ils croient à la science en même temps qu'au mystère. Ils invoquent les dieux, ils supplient les enfers. Ils composent avec le hasard, ils misent sur les coïncidences. Ils pensent même à proposer d'autres victimes. Ils font des tentatives. Ils risquent des compromis. Ils essaient le chantage, aussi.

À Tom, Alma et Philip demandent silencieusement de tenir bon encore. De défier la maladie, petit trompe-la-mort. Ils prennent toute l'inquiétude sur eux pour qu'il demeure dans l'innocence. Ils revendiquent tous les handicaps que la maladie lui inflige, ils acceptent en son nom le manque d'autonomie, pour qu'il trouve la force d'aller de l'avant. Ils bradent le peu d'enthousiasme qui leur reste contre l'irremplaçable rire de Tom. Son rire et la faculté qu'il a de prendre la vie comme elle est. Sans rechigner, sans se plaindre, jamais. Il ne se lamente jamais. Le temps de l'insouciance appartient au passé, Tom a tellement changé. Rien n'est plus pareil désormais mais lui rit, imperturbable. Tant qu'il rira, ils veulent bien continuer. Son rire les aide à endurer. Ils iront au bout d'eux-mêmes chercher des solutions pour lui rendre la vie belle. Ils feront absolument tout ce qu'ils peuvent, même si cela doit les anéantir, pour qu'il garde le sourire. Un sourire peut-être cassé, effacé à moitié, mais un sourire vivant, plein de promesses et d'enfance.

60

Ellen est assise au frais, sur la terrasse. Alma vient s'asseoir à côté d'elle et, dans un geste instinctif, appuie sa tête sur l'épaule de sa sœur. Elle se laisse aller, se détend. Elle aimerait pouvoir rester ainsi éternellement, appuyée sur l'amour d'Ellen qui la soutient si simplement. Lasse et éreintée, elle se libère des tensions et de ses mauvais rêves, retrouve en elle peu à peu une consistance fluide. Les deux femmes demeurent ainsi un long moment. Alma se sent en sécurité sous cette aile protectrice. Elle attend sans hâte le moment où leur contact lui aura rendu un regain d'énergie.

Philip revient du village où il est allé acheter du pain frais qui embaume. Il en fait des tartines recouvertes d'un tout petit peu de beurre et de confiture maison pour Tom, c'est tout ce qu'il semble pouvoir avaler en ce moment. Les filles se chamaillent pour chiper le quignon croustillant. La journée s'étire comme un chat sous le soleil éclatant, dans l'été engourdissant.

Ellen propose à Alma de profiter de cette heure creuse pour aller au ponton. Elle espère qu'être ainsi sollicitée lui change un peu les idées. Nager reste l'unique activité qu'Alma pratique sans rechigner. Elle accepte désormais que les autres décident à sa place. Ellen lui prépare une serviette, lui tend son maillot de bain. Elles quittent la maison lentement en traînant les pieds dans la terre sèche du chemin. Elles passent devant le manoir, coupent par la prairie. À cette heure, il y a généralement du passage au lac. Aujourd'hui, elles partagent brièvement le ponton avec deux nageurs taciturnes et nonchalants qui les saluent de la main en partant. Les sœurs se mettent à l'eau. Elles nagent côte à côte, dans une brasse synchronisée. Elles traversent le lac, vont saluer les oiseaux de l'autre rive qui semblent avoir abandonné l'idée de s'activer sans raison, puis reviennent au ponton, en cadence. Ellen remonte s'étendre sur le bois chaud, laissant la liberté à sa sœur de nager tout son saoul. Alma poursuit ses longueurs. Le vent chante, encourageant. Le courant imperceptible la pousse et lui donne l'élan nécessaire pour faire encore une traversée, puis une autre encore. Alma suit le flux des vagues légères que le vent imprime sur la surface bleutée du lac, pareil à la pulsation de son sang dans ses veines. Le chant des oiseaux semble répondre en écho aux battements de son cœur. Elle se sent disparaître, ne faire qu'un, portée par l'eau dans ses mouvements fluides. Dans le lit de l'onde, elle devient liquide, elle fond, se dilue, et se laisse mélanger tout entière.

61

Le docteur Feuer a appelé Alma et Philip. Il préfère les prévenir, ce n'est pas bon signe. Il voudrait leur proposer des examens complémentaires. Les nouveaux symptômes de Tom sont la conséquence directe du traitement, mais aussi, vraisemblablement, de la progression de la tumeur, tout est un peu imbriqué, c'est difficile de savoir, leur dit-il. Même s'ils s'en doutent, l'entendre leur brise les jambes. Ils voient leur fils, gagné par une fatigue extrême, perdre de plus en plus de motricité, devenir l'ombre de lui-même, orphelin de sa vie. Les médecins ont l'air de se faire une raison. Eux sont en train de la perdre complètement.

Ellen voit Alma et Philip s'enliser. Cela lui saute aux yeux, la vie s'est arrêtée pour eux. Ils vivent au jour le jour, sans grande passion, en poupées molles. Ils sont dans l'appréhension du lendemain, toujours en alerte, tout le temps. Ils essaient de combattre, petits Davids contre Goliath, avec leurs maigres moyens. Ils enchaînent les étapes, une à une. Ils passent de la surprise à l'effondrement, de l'effondrement au désespoir. Vient un temps plus neutre, une sorte d'accalmie et puis tout repart de plus belle, les attirant toujours plus vers le fond. Ils ne font plus de plans. Plus de projections. Ils ne veulent rien prévoir, ni attendre, encore moins espérer. Ils ne peuvent rien envisager. La maladie de Tom les assigne au présent. Ils ne peuvent faire un pas sans éprouver le vertige, ils sont devant le néant. Ce n'est pas conforme à la nature humaine qui a horreur du vide. Eux aussi, ce vide les angoisse. Ils vivent dans un monde sans couleur, sans relief. Leur vie ne sera plus jamais un ciel bleu.

Ce que vit cette famille, pense Ellen, ce qu'elle traverse, c'est une histoire de violence. Une histoire qui déchire, qui saccage. Qui tord les hommes, met à genoux et laisse des traces à jamais creusées dans le cœur. C'est ça. Une violence faite au bonheur, à l'envie de vivre et à la joie d'exister, aux heures légères et à la naïveté, à l'optimisme et à la confiance. C'est un attentat qui anéantit tout ce qui rend le quotidien supportable. Qu'y a-t-il après la violence ? Est-il possible d'endurer l'inconcevable ? Peut-on se relever d'une telle brutalité ? En garde-t-on l'amertume pour le restant de ses jours ?

Après l'appel du médecin, Alma essaie de masquer sa consternation. Elle a du mal à desserrer les dents, à laisser passer les mots. Lorsque enfin elle prend la parole, sa voix est basse, lasse, sans timbre, et elle a cette phrase aigre, détestable :

— Tout ça pour ça.

Ellen l'arrête, bouleversée :

— Tu as le droit d'être désabusée. On le serait à moins, devant ce fichu destin. Tom a gagné le gros lot. Il avait l'embarras du choix, une jambe ou un chromosome en moins, un autisme ou une schizophrénie… Ou n'importe laquelle de ces maladies qu'on étiquette si facilement aujourd'hui comme si cela les guérissait. Il aurait aussi pu vivre dans la terreur en temps de guerre ou dans une famille sans amour et finir maltraité. Mais non, Tom, lui, a gagné un cancer. Inopérable et incurable, une infime chance de survie à moins d'un miracle. Une tumeur. Moins ça se voit, plus c'est sournois, ces trucs-là. Tu as de quoi te sentir brisée. Et je vois combien il est difficile d'avoir à vivre tout cela. Tu peux en faire ce que tu veux de cette histoire, tu sais. Tu peux continuer à penser que c'est horrible, qu'il faut que ça s'arrête, mais tu sais autant que moi que cela ne changera rien. À se poser en victime, on tourne en boucle, on devient fou. Ou stupide. Tu peux abandonner maintenant ou décider de résister et d'en faire quelque chose de tolérable.

Ellen marque un temps qui oblige Alma à lever les yeux vers elle, avant de reprendre :

— Je t'en prie, ne baisse pas les bras, tu ne sais pas où ce chemin te mène. Continue à le suivre. Ce qui t'attend est tout aussi imprévisible que ce qui t'a amenée jusqu'ici. Et si tu te prends encore une claque, tu te relèves, sœurette, tu te relèves, avec les poings serrés et le cœur qui cogne, bien raide sur tes deux pieds.

62

Ce soir, Alma et Philip se sont rejoints. Ils se sont allongés dans le lit, puis leurs corps ont pris le dessus. Leurs lèvres se sont rapprochées, leurs peaux se sont unies. Dans la pénombre, au creux de ce lit devenu immense au point qu'ils ne s'y frôlent même plus par inadvertance, ils se sont tournés l'un vers l'autre et ont entremêlé leurs solitudes. Ce n'est pas déplacé, incongru. Leur étreinte n'a rien d'indécent. Dans leurs gestes, il y a tant de vie exprimée envers et contre tout. Dans cette union de corps glacés, l'amour n'est pas une question de désir mais plutôt la recherche d'un secours inépuisable. Dans la détresse, ils éprouvent le besoin d'un élan physique, viscéral, presque animal. Impulsif comme un instinct de survie. La tristesse ne les quitte pas, ils n'ont pas cette énergie que parfois les caresses démultiplient. C'est une union silencieuse, empreinte de mélancolie, de tendresse et d'empathie, initiée par la volonté et la nécessité qu'ils ont de s'épauler.

Lorsqu'ils se perdent dans l'expression infinie de leur amour, ils se mettent à pleurer. Enfin, l'émotion circule, ils la laissent s'échapper, sortir de leurs poitrines. Dans cette grande tristesse, se rapprocher de l'autre devient une bouée de sauvetage. Ce soir, ils s'attachent à la matérialité de leurs corps, ils tolèrent de n'être plus que des humains, blessés, heurtés. Ils se consolent dans la chaleur des bras l'un de l'autre. Ils y trouvent le réconfort d'être en vie, d'être deux, de désirer étonnamment encore. Ils partagent leur désolation et, l'espace d'un instant, ils l'atténuent. Sensibles, pudiques, ils offrent à l'autre ce qu'ils ont de plus précieux, leur vulnérabilité. C'est un retour aux choses du vivant. Une prise sur le réel. C'est un peu d'indulgence qu'il leur reste alors qu'ils sont en train de se dissoudre dans la souffrance.

Enlacés, ils chuchotent leur amour. Ils ont compris que tout est devenu fragile dans leur vie, même ce qui semblait les lier pour toujours. Ils se disent la culpabilité, les doutes et les remords, les mots qui les tuent à petit feu, ceux qui tournent en rond dans leurs têtes, sans fin, sans fond. Ils se disent à quel point ils sont désolés. Malheureux, ils se mettent à nu l'un devant l'autre, avec autant d'honnêteté qu'avant un rapport amoureux. Là, dans le creux des bras de Philip, Alma se raccroche tant qu'elle peut :

— Dis-moi que tu m'aimes, là, tout de suite, maintenant. J'ai tellement peur de ne bientôt plus pouvoir te le demander.

63

La santé de Tom se dégrade encore. Il doit réfléchir à deux fois avant de faire un geste. Chaque effort est calculé. Il faut se rendre à l'évidence, il vit sa vie en spectateur, en décalé. Il est dorénavant assisté, second rôle. Le devant de la scène ne le concerne plus, le rideau est tombé. Pour Tom, voilà le prix à payer : c'est une vie de coulisse.

Alma s'épanche auprès de sa sœur pendant qu'elles égrènent les groseilliers dans le jardin de la maison d'été. Penchées sur les arbustes, elles passent leurs mains dans les feuilles et font tomber avec leurs doigts en peigne les petits fruits rouges et brillants. Elles en récoltent un plein panier.

— C'est déjà dur d'accepter que son enfant soit atteint d'un cancer. Mais c'est dur aussi de le voir perdre ses facultés, évoluer avec son handicap. C'est une épreuve de plus, tangible et tout aussi déchirante. Je dois me défaire de l'image de l'enfant bien portant et accepter l'idée qu'il se construit une vie forcément un peu bancale, la seule qu'il aura jamais. C'est ainsi, c'est comme ça. Et comme si cela ne suffisait pas, je crains pour lui la réaction des autres enfants, les regards appuyés, interrogateurs et curieux. Les copains qui l'appelleront le handicapé, le montreront du doigt, l'éviteront, qui auront peur de l'approcher, d'attraper eux aussi sa maladie. Les enfants sont si durs entre eux parfois. Intransigeants et sans pitié.

Alma a eu besoin de temps pour intégrer cette nouvelle réalité. Pour arrêter de se figurer ce qui aurait pu, ce qui aurait dû être, sans arrière-pensée. Son drame est personnifié sous les traits enfantins de son petit garçon. Rien d'autre que Tom n'a d'importance, elle lui est entièrement consacrée. C'est son rôle de veiller sur lui. On lui conseille de prendre du temps pour elle mais elle ne se l'autorise pas, n'essaie même pas de s'écouter. Elle a déjà honte de tous ces moments où elle ne prête pas attention à son fils parce que trop préoccupée, trop triste, trop égoïste. Elle juge inconvenant de souhaiter une vie, un temps à soi. Comme si s'occuper d'elle signifiait se détacher, comme si elle trahissait son enfant. Elle ne peut pas se couper de lui, un cordon invisible n'avait jamais cessé de les relier. Elle défaille à la pensée d'avoir à regretter le temps perdu si son état venait encore à se détériorer, ou si le pire devait arriver. Une petite voix lui dit qu'elle se mordra les doigts de son égoïsme et de son manque de dévouement. Elle se martèle ce genre de choses, culpabilise. En dépit de tous les reproches qu'elle se fait, l'attitude de Tom la force à avancer, à se surpasser, à s'oublier corps et âme. Malgré l'évolution de la maladie, cet enfant garde face à la vie une attitude exemplaire. Rien ne semble avoir prise sur son humeur, sa positivité.

Il a toujours le sourire. Il est habité par une patience, une tranquillité, une sérénité qui le caractérisent désormais. Il a compris malgré son jeune âge qu'on ne choisit pas toujours ce qui nous tombe dessus, mais que la décision de savoir comment réagir nous appartient. Il adopte une sagesse ancestrale du haut de ses huit ans.

64

Dans le silence du soir, Alma se baigne. Ses pensées la suivent, ondulant comme un flot, tournant en boucle sur elles-mêmes. Il semble qu'aucun effort physique ne puisse venir à bout de cet enchevêtrement de questions sans fin. Quelle est l'origine de la tumeur de Tom ? À qui la faute ? Aux pesticides, aux micro-ondes ? Aux portables, à la 4G ? Aux ondes magnétiques, aux rayons X, aux navettes spatiales, à la bombe atomique ? À l'évolution de l'homme ? Est-ce un hasard ? La faute à pas de chance ? Une malheureuse coïncidence ? On dirait que le lac ponctue sa litanie en suivant le rythme mécanique de ses traversées. Alma continue à nager, accompagnée de ses réflexions qui font des ronds dans l'eau. Elle a entendu parler de pathologies qui seraient provoquées par le style et l'hygiène de vie du malade. Certains cancers apparaissent sur les organes malmenés. Les fumeurs peuvent redouter un cancer du poumon, les personnes en surpoids un cancer du côlon. Alors que dire des enfants qui ont une tumeur au cerveau ? Est-ce lié à une malformation congénitale ? Au développement intra-utérin ? Ou à une carence dans la petite enfance ?

A-t-il reçu un choc trop violent ? Les petites chutes de Tom, accidents plus ou moins bénins, se sont-elles figées en lésion tumorale ? Est-ce que le chagrin du nouveau-né, même infime, peut devenir solide ? Est-ce que toutes les séparations, les réprimandes, les disputes, petits traumatismes, fines failles de son enfance, se sont accumulés au fil du temps en couches indiscernables de blessures intimes, au point de former cette boule incontrôlable ? A-t-il eu des sombres pensées prématurément ? Des idées si inexplicables qu'elles se sont concentrées et ont durci en une masse tangible ? Est-ce une essence divine, un être cosmique ou encore un ancêtre qui se manifeste pour ne pas qu'on l'oublie ? Quelle est la réponse à cette énigme ? Y en a-t-il seulement une ?

Elle remonte sur le ponton pour se sécher. Le fil de ses pensées s'est définitivement emmêlé. Comme toutes les mères, elle porte en elle cette culpabilité liée à la maladie de son enfant. Et si c'était elle qui avait mal fait les choses ? N'avait-elle pas respecté scrupuleusement toutes les consignes dont on assomme les femmes enceintes ? Avait-elle fumé, bu ? Trop fait la sieste, trop fait la fête ? Repris le travail trop vite ? Attrapé un rhume ou une gastroentérite ? Ne s'était-elle pas projetée suffisamment dans son rôle de mère ? Avait-elle eu des réflexions négatives, trop de craintes ou d'angoisses ? Ou au contraire avait-elle été trop heureuse dans l'attente de son enfant ? Avait-elle fait de trop longues balades ? Mangé trop de poisson, mangé trop peu de poisson ? Trop parlé, trop respiré, trop espéré ? Ou pas assez ? L'époque n'est pas tendre avec les futures mères. Et la nature continue, quoi qu'on dise, quoi qu'on fasse, à donner à certaines des enfants pas comme les autres. On ne peut pas tout prévoir, tout empêcher, le hasard n'est pas encore une donnée que l'on peut éliminer d'après une image sur un écran d'échographie. Ces mères-là, Alma se met à leur place aujourd'hui. Si elle avait su, qu'aurait-elle choisi ?

65

Alma hésite. Que peut-elle proposer à manger à Tom dont l'appétit se fait la malle ? Elle opte pour des tartines, se ravise, change d'avis, penche pour une assiette de fruits minutieusement coupés. Finalement, elle n'est pas vraiment sûre de son choix, elle met les deux sur un plateau. Alma se lamente, Alma s'autoflagelle. Sa petite voix murmure des choses. Mauvaise mère. Pas assez maternelle. Elle aurait tant aimé être un parent exemplaire.

Chez sa sœur tourmentée, Ellen a senti la faille.

— Tu es une maman admirable.

— Arrête. Je ne suis pas une mère exceptionnelle. C'est la situation qui l'est.

Elle marque un temps, hésite et se lance :

— On offre soi-disant le plus beau des cadeaux, la vie. Et puis d'un coup elle s'emballe, le grain de sable fait crisser les dents, et tout se dérègle, la mort s'invite et on perd l'idée du bonheur. De père ou mère, on devient fautif d'avoir des enfants, car je te le jure, c'est la pire chose qui soit, cette vie d'hôpital, cette saleté de maladie qui vole l'enfance. Alors, en sachant que cela peut arriver, pourquoi s'entête-t-on ?

Ellen a du mal à accepter ce que dit Alma. Elle qui a toujours désiré avoir un enfant, elle ne peut l'écouter sans réagir :

— Mais enfin, parce que, quoi qu'il arrive, la maternité reste l'un des plus beaux moments de ta vie ! Avoir un enfant, je te rappelle qu'à certaines, c'est un cadeau qui n'est jamais fait !

Elle poursuit, la voix légèrement agacée :

— Tu te souviens quand on était plus jeunes, tu disais que cela te faisait peur, d'avoir un enfant ? Je te trouvais tellement immature, tellement égoïste. Alors que moi, je rêvais d'en avoir un ! J'en rêve encore tous les jours, toutes les nuits. J'attends toujours l'enfant qui n'est jamais venu s'installer dans mon ventre. Porter la vie. Me sentir pleine. J'aurais tant aimé faire pousser un petit, ne pas être ce jardin stérile. Mais toi, qu'est-ce que tu craignais ? La grossesse, les seins lourds, les hanches rondes ? Les nausées, les douleurs de l'accouchement ? C'est ça qui t'effrayait ? Avais-tu seulement conscience de ce qui t'attendait ? Des risques que cela représentait ? Élever un enfant, en accepter la responsabilité ? Tu n'y avais jamais pensé ?

Alma se tait. Elle ne trouve rien à répondre. Même si Ellen a raison, c'est si différent aujourd'hui. Elle aime Tom au-delà de tout, elle l'aime pour ce qu'il est, ce qu'il lui offre, ce qu'il représente. Cet amour dépasse l'entendement et les limites de sa propre imagination. Elle porte au fond d'elle et pour toujours la mémoire de ce bébé qu'elle a fabriqué avec amour et patience. La vie de son enfant est ce qu'elle a de plus précieux, cette vie qu'elle croyait acquise dès le moment où elle a senti Tom chaud, vivant, posé contre son ventre. Vivre sans lui n'aurait absolument aucun intérêt. Que serait la vie s'il lui était enlevé ? À quoi cela ressemblerait ? Un vide immense, absence de mouvement, de raison et de sens. Sans son rire, sans sa voix, rien n'aurait plus de saveur. Un silence assourdissant, une absence plus pesante que le poids du monde. Il ne resterait à Alma que le souvenir de son odeur, sur ses mains l'impression de sa douceur. Elle aurait toujours cette place pour lui, là, un petit nid imprimé dans le creux de ses bras. Elle a tellement de mal à imaginer qu'il puisse se soustraire à sa vue.

Elle reprend doucement :

— C'est vrai, je ne voulais pas y penser. Un mauvais présage sans doute ? Maintenant, la simple idée de perdre Tom me terrorise, et tu sais pourquoi ? Parce que qu'est-ce que je deviens si mon fils meurt ? Que me reste-t-il comme rôle sur cette terre ? Il n'y a même pas de mot pour nommer cette mère-là. Perdre un enfant c'est perdre la vue, l'ouïe et le goût de tout. Perdre un enfant c'est se perdre dans un chagrin qui jamais ne s'éteint, la gorge serrée et les mots coincés dedans, la tête vide et creuse. Sans lui, je m'affaisse. Il est mon ossature, ma colonne vertébrale. Qui comblera mon désir de tendresse ? Où va tout l'amour que je lui porte s'il disparaît ? Il servirait à quoi, à qui ? Je me le traînerais comme un poids mort tout le reste de ma vie ? Et comment puis-je être mère après son départ ? Comment puis-je lui survivre si je ne suis plus contenue dans son regard ?

66

Les parents d'Alma ont eu leurs filles sur le tard. L'amour qu'ils se portaient mutuellement ne laissait pas beaucoup de place à des enfants. Les filles sont nées un peu par hasard. Ils sont devenus une famille par inadvertance, un de ces foyers où l'amour est sincère et présent mais ne sait se dire. Alma et Ellen ont toujours utilisé des surnoms pour nommer leurs parents, Nana, Popy. Elles ont toujours connu avec eux cette distance polie et bienveillante qu'on réserve normalement à des étrangers. Quand leur père s'est éteint il y a quelques années d'un arrêt cardiaque, il a laissé derrière lui une veuve sidérée. Sans Popy, Nana se maintient mollement dans le rythme des jours. Elle continue de porter à Alma et Ellen une tendresse toute maternelle. Elle ne les a pas vues grandir, ses filles. Parfois c'est ainsi, l'enfance délicieuse reste agrippée aux mains des mères dépossédées. Seule à présent, elle se laisse happer par la nostalgie, les considérations sur le temps qui passe et le temps qu'il fait.

Maintenant qu'Alma n'a plus d'équilibre, qu'elle perd pied, son père lui manque, et sa mère lui manque tout autant. Elle désire profondément leur soutien. Elle aimerait bien redevenir petit enfant, blottie dans les bras de ses parents. Elle perçoit que, malgré leurs liens distendus, leur relation d'un autre temps, l'amour qu'ils lui ont voué n'a jamais cessé de la protéger. Parfois, il arrive qu'Alma prenne le téléphone, espérant que sa mère trouve les mots qui sauront la réconforter.

— Bonjour, ma chérie.

— Bonjour, Nana. Comment ça va chez toi ?

— Oh, tu sais, ma toute petite, ici c'est toujours pareil... Il fait beau. J'attends la pluie pour retrouver un peu de fraîcheur et pouvoir enfin respirer... Mais c'est vrai qu'il fait très chaud. À la limite du supportable pour les gens de mon âge. La voisine a fait un malaise, elle ne buvait pas assez, ils lui ont dit à l'hôpital. Que veux-tu, mourir de ça ou d'autre chose... La vie n'en finit pas, n'en finit plus. Tu sais, nous autres, on attend simplement. Nos jours touchent à leur terme. On ne sert plus à rien. On serait mieux mort, tiens.

Alma ne dit rien, elle écoute la complainte de sa mère, cette femme qui n'espère plus, qui réclame sa fin. Nana a déjà accepté l'idée de sa mort, elle a tout le temps d'y penser, c'est le prix d'une vie déjà écoulée. Alma, elle, la refuse en bloc, la nie d'emblée. Elle veut la tenir à distance, lui échapper, retrouver la légèreté d'avant, quand c'était une idée saugrenue qui ne concernait que les autres, et sûrement pas les siens. Elle n'en veut pas à Nana mais, parfois, elle se sent déjà orpheline.

Au bout du fil, Alma se délite. Seule une plainte monte

en elle, un gémissement qu'elle ne peut contenir, un crève-cœur. Sa voix s'étrangle lorsqu'elle essaie d'intervenir :

— Oh, Nana…

Nana s'interrompt, confuse.

— Ma toute petite, excuse-moi, c'est des bêtises tout ça, des blagues de vieille bonne femme, un bavardage de mauvais goût. Je suis désolée, c'est idiot ce que je dis. Excuse-moi. Tu sais… Je n'y comprends rien à cette maladie qui s'en prend à Tom. Toute cette histoire est tellement injuste. Il m'arrive de prier le bon Dieu pour qu'Il me fasse prendre sa place. Moi, je pourrais partir, ma vie est derrière moi, il est temps de penser à s'en aller, que veux-tu, c'est dans l'ordre des choses…

Alma sent des larmes rouler sur ses joues, silencieuses et froides. Sa bouche se tord et tremble alors qu'elle essaie de calmer sa respiration pour reprendre la conversation. Elle se mord les lèvres, tente de les refouler, se concentre sur ce qu'elles ont déjà évoqué, se force à revenir en terrain neutre.

— Et sinon, il fait vraiment chaud chez toi ?

67

C'est au tour de François d'appeler pour prendre des nouvelles. Il écoute la voix d'Alma s'étrangler. À lui, elle peut confier que Tom perd ses forces. Ses symptômes s'accentuent, son corps se disloque. Ce matin, à l'hôpital, il a eu des spasmes. C'est extrêmement impressionnant, un petit corps d'enfant qui ne répond plus. Alma pleure sur son fils chéri qui passe désormais son enfance entre prises de sang et IRM, chimio et urgences, béquille et fauteuil roulant. Un monde de blouses blanches et de chambres aux murs aseptisés.

François sent combien Alma est désemparée, perdue. Elle fond en larmes, lâche la pression. Il essaie de la calmer avec des mots sobres et réconfortants. C'est difficile de trouver le ton juste. Il finit par craquer lui aussi, ému, chamboulé. Ils pleurent ensemble, et finalement c'est ce qui semble le plus adapté. Partager les larmes reste une bien maigre consolation lorsqu'on est loin. Alma s'apaise, elle reprend pied. La conversation se poursuit, plus calme, plus mondaine. Comment vont-ils ? Qu'ont-ils fait aujourd'hui ? Ils se rassurent avec des banalités. On jurerait entendre des petits vieux. François dit avant de raccrocher :

— Je t'envoie toutes mes pensées positives.
— Je prends.
— Mes bonnes ondes.
— Aussi. Tu sais, on ne fait pas le difficile quand on implore la clémence du destin. Il y a tant de choses invisibles autour de nous. Tant de choses qui restent encore inexpliquées. Par exemple, je crois que l'Univers est connecté. Que tout est modulations et vibrations. Que nous sommes des fragments d'âme, reliés, des petites fractions d'unité. Pour ce qui est des croyances, c'est pareil. Il faut en avoir de la volonté, pour ne croire en rien. Moi je prends tout ce qui vient. Je prends tous les rituels aussi. Prières, incantations, sortilèges, exorcisme ou magie noire… À ce propos, tu ne connaîtrais pas un vaudou africain ? Je n'en ai pas encore trouvé un prêt à sacrifier un poulet pour le vider de son sang…
François se demande où Alma trouve-t-elle la force de plaisanter. Il rit doucement puis, de nouveau sérieux, lui demande :
— Tu y crois vraiment, à tout ça ?
— Le poulet, peut-être pas… Mais tu veux savoir si je crois aux forces de l'Univers ? Eh bien, oui. Et si Quelqu'un là-haut veille sur nous ? Oui, aussi. Est-ce que je suis devenue croyante ? D'une certaine façon, je dirais que oui. Oui, je me suis mise à prier. Je me dis que peut-être c'est une bonne idée, de s'adresser à Dieu. S'il y a une infime chance qu'Il soit là, au-dessus, qu'Il écoute et veuille intervenir, je veux bien essayer. Et j'espère qu'à force d'entendre ma plainte adressée à tous les vents, Il va finir par être

compatissant, le Très Grand ! Je prie… Mon instinct de survie m'y pousse. Sinon, que me reste-t-il ? Faire confiance à la médecine alors même qu'elle semble à bout de ressources ? Que la science ne peut plus rien ? De tout mon être, je veux tendre vers la lumière. Oui, j'ai envie de croire, c'est ce qui me tient en vie. Tu trouves ça bizarre ? Réfléchis, tu vois tout ce qu'il y a d'absurde à croire ? Ça ne vaut pas mieux que l'absurdité du désespoir. Raison ou folie, moi, j'ai choisi. Alors, appelle cela comme tu veux, la foi, la conviction intime, le hasard, la magie.

— Et si c'était toi, la magicienne ?

— Moi ?

— Oui, avec tout l'amour que tu donnes, toute cette énergie, cette volonté, cette folie aussi…

Alma réfléchit.

— Alors ce ne serait pas moi, mais Tom, le magicien. C'est lui qui est fort. C'est lui qui tient. Qui décide de sa vie. Qui sait où il va. C'est lui qui me montre la voie.

68

Alma profite de la fraîcheur relative. Les températures ne vont pas tarder à grimper comme tous les jours maintenant, inexorablement. Elles n'ont toujours pas l'air décidé à rejoindre les normales saisonnières. Après avoir pris son café, vérifié que Tom dort encore, Alma se rend au lac.

Pour entrer dans l'eau, Alma alterne entre deux options. Au choix, elle peut descendre les échelons rapidement, se laisse glisser de dos, lâchant les montants de l'échelle, bras en V tendus en arrière, portée par le flux léger. De cette façon, les jours de grand calme, elle fend la surface lisse de l'eau aussi nettement qu'une paire de ciseaux taillerait un lé de soie. Elle peut aussi décider de plonger depuis le ponton pour briser la quiétude du lac, creuser de son corps le liquide, générer la tempête, le tumulte, casser sa tranquillité. Elle s'immerge et, la tête la première, elle va vers cette matière opaque, eau limoneuse qui ne laisse passer ni la lumière ni l'espoir. Aujourd'hui, elle décide de plonger.

Chaque fois, elle se fait la même réflexion une fois revenue à la surface. Elle a l'impression que l'eau du lac, après s'être montrée brusque et hostile, la soutient dans ses efforts. Elle la porte dans son épuisement, l'enveloppe de douceur, une douceur fluide et tonifiante. Alma se met alors à nager, lentement, ses gestes redeviennent amples et précis, elle est concentrée sur chacun, elle allonge son corps et se met à voguer, elle défie la pesanteur. Elle adopte le rythme aquatique, elle le suit, tranquille, pose son souffle sur la respiration du lac, se cale sur cette cadence lente. Elle sent à quel point l'eau l'apaise. Elle hume chaque effluve, les parfums de la nature chauffée par le soleil, l'herbe sèche, l'odeur un peu écœurante de croupi, la fragrance de l'écorce des arbres et la saveur des pins. Parfois, une éclaboussure, vague légère, vient lui lécher doucement le visage. Elle la boit en petites lampées, comme un élixir précieux aux vertus magiques. L'eau saumâtre a un goût de terre, un peu sucré, doucereux, végétal. Elle a le goût du vivant.

69

Alma se réveille en sursaut, elle est à bout de souffle, elle tâtonne pour trouver l'interrupteur, puis s'arrête, ce n'est pas ça qu'elle cherche, elle s'en moque, d'allumer ou non la lumière. Elle est au-delà de la peur, de la noirceur. Les sanglots éclatent dans sa poitrine mais s'arrêtent, ne tombent plus. Ce sont des sanglots secs, des sanglots sans larmes, de la peine pure, de la souffrance à nu, sans artifice. C'est une détresse qui n'arrive même plus à pleurer sur elle-même, bien supérieure à la douleur. Sa gorge serrée cherche l'air, elle ne sait plus respirer, elle n'a peut-être jamais su. Elle pense qu'elle se remplit d'eau, elle se voit ravagée de pleurs à l'intérieur. Elle voudrait que cette petite fin du monde s'arrête alors qu'elle ne fait qu'amplifier. Que fait-on de cette souffrance, une fois éprouvée ? Que fait-on de la colère, de la tristesse, du sentiment d'injustice ? Y a-t-il une autre option que celle de les porter dorénavant comme autant de gravats qui alourdissent le pas ? Ce qu'elle ressent n'appartient plus au monde du réel, c'est une émotion toute-puissante dans l'anéantissement des rêves et des possibles. C'est la mort qui étreint et sourit, ravie.

La mort, Alma ne l'a croisée qu'une seule fois, quand elle a emporté Popy. Le sentiment de perte lui était jusqu'alors inconnu. Elle a traversé l'épreuve du décès de son père sans s'y attarder. Elle a préféré garder en tête son souvenir intact et vivant. Elle n'a plus voulu y songer, a passé l'événement sous silence. Comme si se taire pouvait faire disparaître le deuil. Comme si les membres de sa famille ne devaient jamais mourir. On ne peut se résoudre à la disparition des siens.

Avant la maladie de Tom, Alma n'avait jamais vraiment réfléchi à la mort. Elle n'avait jamais voulu l'apprivoiser. Pour elle, c'est un prédateur, une bête imprévisible, un nuisible. Elle la fuit, les yeux baissés, elle passe au loin pour l'éviter. Elle a toujours esquivé.

Philip est, sur ce sujet, comme à son habitude, plus pragmatique et mesuré. La mort n'est pas quelque chose qui l'effraie. Il aime l'idée qu'on puisse l'attendre en paix, la réclamer comme une libération. Qu'on puisse l'espérer comme une amie bienfaitrice, un point d'orgue, le couronnement d'un moment de bonheur intense, dans un cadre magnifique ou juste avant la fin d'un instant magique. Qu'on puisse aspirer à une fin heureuse, après une vie comblée, l'achèvement d'un destin abouti. Qu'on ait même envie de flirter, de danser avec elle, sur un air de fanfare. La mort n'est pas une rivale, conclut-il. Mais Alma, ça l'oppresse, elle n'y peut rien. Elle sait bien que la peur de la mort n'est pas anodine. Elle redoute la fin d'un temps, d'une condition. Elle craint sa propre mort, tremble devant sa propre fin. Philip pense qu'elle est trop sensible, qu'elle ne devrait pas s'émouvoir de sa disparition, qu'elle aurait tout à gagner à accepter ce trait de la nature humaine. Alma estime qu'on devrait pouvoir exprimer son malaise. Oser se dire ravagé par l'idée de sa mort, encore plus que par la perte d'un être cher. On devrait poser sa peur en mots simples pour tenter de s'en libérer. Alma s'en rend compte, c'est l'idée de la mort qui donne sens à toute chose. La mort définit l'existence, c'est une finalité qui nuance le vivant.

70

L'état de Tom empire à vue d'œil ces derniers jours. Ses forces s'amenuisent, il s'épuise vite. Il a beau être de plus en plus mal en point, Tom est décidément hors du commun. À mesure qu'il perd son agilité, il gagne en densité. Les médecins ne savent pas trop quoi en penser, ils préfèrent continuer le traitement avant de réfléchir à une autre option.

Alma, elle, perd ses illusions. La maladie a le pouvoir de révéler la fragilité de l'existence. Elle n'avait jamais réalisé jusqu'à présent à quel point son enfant, Philip, elle-même sont de simples mortels. Avec un début, une fin, une naissance puis un terme. Alma vient de perdre le sens de l'éternel. Elle a du mal à accuser le coup. Elle se dit que Tom peut disparaître à tout moment et qu'elle n'en avait jusqu'à présent jamais pris conscience. Elle a du mal à l'envisager et ressasse un peu trop l'idée. Tom avance vers sa mort, et Dieu seul sait à quel point elle est proche. C'est cette prise de conscience qui fiche tout en l'air. Si chacun sait qu'il va mourir un jour, il est facile d'oublier le délai. Pour Alma, c'est comme si la mort s'était insinuée sous la peau de l'enfant, elle n'arrive plus à l'oublier. Parfois, elle y pense tant que cette éventualité ne provoque en elle plus qu'un haussement d'épaules, un dédain. C'est comme si elle se protégeait. Elle a alors l'impression de comprendre enfin l'indifférence des médecins, elle admet que c'est la seule façon de réagir si elle ne veut pas mourir dans l'instant de chagrin.

Un jour, un peu abruptement, Ellen finit par lui dire :

— Mais enfin, Alma ! Tom n'est pas encore mort !

Elle le regrette aussitôt. Le silence qui suit est impressionnant. Alma la dévisage, interloquée.

— Ah oui ? Alors tout va bien, c'est ça ? Pour toi, c'est aussi simple que ça ? Tant que Tom n'est pas mort, c'est qu'il est en vie ?

La phrase est singulière, Alma en convient. Elles pourraient en rire toutes les deux si le contexte n'était pas aussi sérieux. Mais elle a l'effet escompté. Un véritable éclair de lucidité. Alma se secoue enfin. Elle comprend ce qu'Ellen veut dire, que Tom est vivant, Tom est là. Et tant qu'il emplira l'espace de tout son être, peau de bébé, corps léger, tant qu'il sera à ses côtés, souffle chaud et rire en cascade, elle pourra profiter de sa présence réconfortante. C'est cela aussi la mort, se dit-elle, elle redonne à l'existence sa plénitude, sa brillance. À la fois anecdotique et irréversible, elle a ce don incroyable et inattendu de rendre la vie plus fertile.

Alma change de perspective. Elle accepte que la mort ne soit plus cachée, que la nature humaine soit balisée par ce passage obligé. Intégrer la notion lui permet de s'en détacher. Alma capitule, fait la paix. Mourir n'est plus une insoutenable idée, c'est un simple fait inscrit dans l'ordre naturel des choses. Si l'on baisse la garde, quand on laisse la peur de côté et qu'on considère la vérité crue et nue, la mort n'est rien de plus qu'un procédé chimique. Le fruit malheureux d'un phénomène biologique qui fait tomber l'un ou l'autre sans prévenir, sans raison. Un corps, ce n'est rien d'autre que de la chair, des os, des cellules amassées qui vieillissent et parfois se dérèglent. La mort, c'est juste de la matière, un peu moins de matière sur terre.

71

La chambre est vide quand Philip, Alma et Tom arrivent à l'hôpital ce matin. Line, la petite fille ?… Ne reviendra plus, murmure l'infirmière à Alma. Ses fonctions vitales se sont éteintes les unes après les autres, comme des lumières aux fenêtres d'une maison que l'on ne souhaite plus habiter.

Alma ressent la nouvelle dans sa chair. La tristesse. L'immense vague de tristesse qui la submerge. Elle regarde Philip dont le visage blême s'est fermé, puis Tom qui n'a pas entendu ou qui fait semblant. Sous un voile de candeur, l'enfance se protège pour oublier les drames.

Elle ne peut s'empêcher de se demander ce qu'elle a fait de mieux que cette mère. Elle ne s'estime pourtant pas meilleure, plus aimante, plus attentive. Elle se demande également si elle pleure une petite inconnue aux yeux immensément bleus, une mère dévastée d'avoir perdu sa fille, ou bien sur son sort et celui de son fils, sur l'issue de cette histoire qu'elle n'est pas sûre de vouloir connaître. Elle a mal soudain. Elle comprend que ce n'est que le début du drame. La peur, la vraie, ne viendra qu'après. Elle hésite. Que faut-il croire ? Faut-il croire ? À quoi se fier ?

Alma profite de ce que Nils s'occupe de Tom pour sortir de la chambre. Il y a tant d'injustice et d'incongruité dans le départ de Line. Devant cette réalité qui la rattrape, Alma a du mal à s'imaginer perdre Tom. Elle se dit qu'il faut s'y préparer. Pour se préserver, elle craint de devoir lui refuser son amour. Elle redoute d'en arriver au point où, pour ne pas souffrir, il faudrait le désaimer. Elle serait alors une mère dépossédée, dépouillée, mise à nu. Elle se met à pleurer sans retenue. C'est la seule chose qui lui reste. Elle éprouve la culpabilité du survivant.

Alma appelle Ellen. Elle ne peut garder la nouvelle pour elle, elle est trop lourde à porter. Elle chuchote, elle ne veut pas qu'on l'entende. Elle ne parvient pas à sortir l'information sans que sa voix s'éteigne, sans que les larmes ne viennent faire trembler ses mots. Adossée au mur froid du couloir, elle murmure :

— C'est une petite de quatre ans qui est partie. Quatre ans. Une petite âme, quelques saisons seulement. Eh bien, sais-tu le vide que ça laisse une petite vie comme celle-ci, qui s'échappe, dans le cœur des parents ? Le vide de tous les possibles. L'absence de toutes les promesses, les projections. Le manque de tout ce qui évoque l'existence. Toutes les étapes qui, mises bout à bout, dessinent une destinée. Line restera à jamais un ensemble de rêves vaguement esquissés, à jamais non exaucés. Un trou béant. C'est un vide immense, ce vide que rien ne pourra jamais combler.

Tu imagines ? Une gamine de quatre ans seulement, et la vie jamais aboutie.

Avant de raccrocher, elle chuchote aussi qu'on ne peut pas s'y faire, à la mort d'un petit.

72

La lumière a tendance à se modifier lorsque les dernières heures du jour s'étirent sur le lac. Le soleil disparaît derrière la ligne d'horizon et tamise le paysage d'un filtre orangé, l'adoucit, le rend hospitalier. Les contours deviennent évanescents et en même temps si nets. Alma se dit que c'est exactement ce qu'elle ressent, aujourd'hui. Pour elle, tout semble irréel, mais elle se souvient de chaque détail avec précision. La journée a été éprouvante, la tristesse devient lourde et pénible à force d'écraser. Ils sont rentrés de l'hôpital en fin de journée. L'état de Tom semble s'être stabilisé mais il est tellement diminué. Il enchaîne les séances de chimiothérapie et de radiothérapie, les visites quotidiennes et les longues heures d'attente. Il est d'une patience d'ange. Il semble pouvoir attendre indéfiniment que les adultes s'occupent de sa maladie, avec une confiance qui dépasse l'entendement.

Durant le trajet, Philip et Alma n'ont pratiquement pas parlé. Dans le silence monotone et le bercement de la route, Tom s'est assoupi. À leur arrivée, Philip l'a porté jusque dans sa chambre, comme chaque fois à présent. Il l'a couvert, puis s'est allongé contre lui. Souvent, il s'endort lui aussi, fourbu et éreinté.

Alma n'a pas pu rester plus longtemps dans la maison, elle s'est échappée. Elle a pris son maillot de bain, sa serviette et s'est enfuie silencieusement. L'herbe autour de la maison d'été a pris une teinte jaune et peine à grandir, écrasée par tant de chaleur. Sur le chemin, la terre est sèche, elle n'a plus d'odeur, elle se craquelle, devient sable et cendre.

En arrivant sur le ponton, elle sent comme la journée a été belle. Elle ne s'en était pas aperçue. À l'hôpital, elle est toujours habitée de froideur et d'ombre. Elle s'assoit sur le petit banc, essaie de chasser sa mélancolie, de ralentir sa respiration et de la réguler. Mais rien ne l'apaise. Dans sa tête, c'est la confusion. Une accumulation d'idées et de pensées négatives qui s'amoncellent en un tas de débris informes. Elle enfile son maillot en essayant de refouler tout ce chaos. Rien n'y fait, elle est sens dessus dessous, aucun répit, que du désordre. Elle regarde l'eau, qu'espère-t-elle ? Y perdre la tête ? Y trouver son âme ? Elle plonge.

Elle n'a rien vu venir. Dans l'eau, Alma se déchire de l'intérieur et sa plainte porte toute la misère et la tristesse du monde. Elle devient flot, elle se déverse. L'eau monte vague après vague, la peine vient s'accrocher au rivage de ses traits. Bientôt, comme une mer, la voilà qui déborde, ses yeux sont pris d'assaut, une vague un peu plus téméraire et furieuse que les autres s'écrase, qui vient du plus profond de son être, et déferle, incontrôlable, un tsunami dévastateur que rien n'arrête sur son passage. Elle monte encore, alors Alma laisse faire, impuissante. Elle se laisse submerger par le raz de marée de sa lucidité. Elle se met à pleurer. Les sanglots jaillissent, écume folle transportant les souvenirs d'autres plages et les lointains voyages. Elle voudrait se noyer dans l'eau du lac. Elle voudrait tant que les herbes et les algues qui, d'habitude, la surprennent quand elle les frôle, invisibles et terrifiantes, s'enroulent maintenant autour de ses jambes et l'entraînent tout au fond, jusqu'à la couche dormante des sédiments. Elle voudrait ne plus avoir à remonter à la surface, à chercher sa respiration, à vivre cette souffrance, avec cette douleur incessante qui la broie. Elle pleure encore, mélange l'eau de ses larmes à l'eau du lac, insignifiantes gouttelettes fines de chagrin égarées parmi d'autres.

73

Tom se déplace dorénavant en fauteuil roulant. Il est trop faible, ses jambes ne le portent plus, ne répondent quasiment plus.

La dernière fois que Tom marche, c'est dans une boutique pour enfants. Alma veut lui acheter un nouveau bermuda. Il flotte dans ses habits tant il a perdu de poids. Il se tient près d'elle et regarde les vêtements, indifférent. Dans un autre temps, il aurait préféré fureter dans le rayon des ballons et des jouets, à côté. Mais cette fois, il reste tranquille, appuyé sur sa béquille. Alma met un short bleu devant lui, puis un gris tout doux, lui demande ce qu'il préfère, part à la recherche de la bonne taille. L'instant d'après, elle le retrouve assis par terre, incapable de se relever.

— Je suis tellement fatigué, murmure-t-il.

La dernière fois qu'il marche, son dernier pas, ce n'est pas dans un joli jardin, sur un sentier de forêt, dans une cour d'école, sur le ponton du lac, c'est dans le décor pitoyable d'un grand magasin. Alma s'en veut tellement de n'avoir pas su lui offrir d'autre paysage.

Une fois rentrés à la maison, Alma l'installe sur la méridienne. Elle essaie de le nourrir mais il refuse, ne prend qu'un peu d'eau avec une paille. Elle lui demande s'il veut enfiler son nouveau bermuda. Tom s'en moque, il veut s'allonger, se reposer. Alma s'assoit à ses côtés, prend sur ses genoux la tête de l'enfant qui s'endort, harassé. Attendrie, le cœur endolori, elle en profite pour le câliner.

Tom n'aime pas trop qu'on le touche, qu'on le couvre de baisers. Il joue à les refuser. Il n'est pas non plus très démonstratif. Il distribue les gestes de tendresse avec parcimonie. Parfois c'est un effleurement. Ou un baiser à attraper au vol. Parfois, quand Alma lui lit une histoire, il met la tête sur son épaule. Il lui arrive aussi de laisser sa main dans la sienne un peu plus longtemps quand elle la lui prend. Ce n'est pas qu'il ne veuille pas, ou qu'il soit avare. C'est juste un petit gars de huit ans. Chacun de ces gestes égrenés au fil des jours sont de fines perles nacrées qu'elle enfile comme un collier précieux autour de son cou.

Lorsqu'il dort enfin, l'enfant dégage une odeur suave, presque trop, presque aigre. Elle hume ce parfum unique et tant aimé. Son corps est chaud, sa peau duveteuse, veloutée sous les doigts. Sa nuque est moite, son crâne luit, elle se souvient des cheveux doux comme la soie. Elle peut voir la finesse de ses traits, sa bouche joliment dessinée, ses mains délicates, ses membres légers, cette esquisse d'homme qui se cache encore sous le visage enfantin. Elle les suit du doigt, très légèrement pour ne pas le réveiller. Quelquefois, la main de l'enfant s'agite, secouée d'un soubresaut comme s'il voulait saisir celle de sa mère, s'accrocher à elle en une demande muette à rester parmi les vivants. Alma sent son souffle, voit sa poitrine se soulever puis s'abaisser lentement. Elle pose sa main sur le torse de l'enfant, sent les battements de son cœur niché dedans. Ce petit cœur qui pulse. Chaque battement est une joie. Une résurrection, à chaque fois.

Alma ferme les yeux. Elle s'interroge en vain. Depuis quand ne sautait-il plus dans l'eau à la piscine ? Depuis quand ne jouait-il plus de la guitare, au foot, aux Legos ? Depuis quand vivait-il sa vie sur la touche parce qu'il ne parvenait plus à en être le pivot ? Depuis quand avait-il accepté de ne plus en être partie prenante, d'en être uniquement le spectateur ? Depuis quand savait-il, lui, que tout cela, c'était sérieux ?

Le doute est vertigineux. Alma est à deux doigts de perdre le peu de raison qui lui reste. Chaque question est une blessure, une petite mort qu'elle s'inflige. Elle se souvient très nettement de cette dernière heure insouciante, lorsqu'elle était assise là, juste avant la visite chez le médecin. Comme par anticipation, l'enfant était venu se serrer contre elle, s'abandonner quelques instants contre son cœur. Ils étaient tous deux baignés de lumière dans le soleil de mai. En le sentant ainsi, tout contre elle, Alma avait senti à quel point l'harmonie dépendait de lui.

À présent qu'il dort calmement, elle implore son fils muettement, Mon petit, mon enfant, mon précieux dont la vie vient tout juste de commencer. Cherches-tu à me protéger, mon trésor ? À me devancer dans l'au-delà ? Prévois-tu d'aller m'y attendre sagement, assis en tailleur, en jouant dans le vent ? Pour que, le jour de ma mort, j'en oublie ma peur, mon vertige des hauteurs ? Qu'en te sachant là-haut j'y coure d'un pas léger ? Laisse donc les choses aller dans l'ordre naturel. C'est moi qui veille sur toi, c'est moi qui t'attendrai le plus longtemps possible dans le domaine des ombres et du silence pendant que tu vieilliras ici-bas. Ne meurs pas avant ta propre mort. La vie sans toi ne se peut pas.

74

Alma s'est encore réveillée cette nuit, un poids sur la poitrine, elle s'est assise dans le lit, le souffle court, abrégé. Elle halète, elle étouffe. Elle est en cet instant précis frappée par la violence inouïe qui déferle dans leur vie. Elle ne parvient plus à respirer, comme lorsqu'on regarde un film bouleversant. Elle était jusqu'ici tellement meurtrie qu'elle en était engourdie, insensible. Elle se rend compte de tout ce désastre à présent, elle a fini par l'intégrer. La peine se drape autour d'elle, lourde comme un manteau d'hiver. Alors le chagrin est immense. Chaque inspiration fait monter un nouveau sanglot dans sa gorge, il semble que la tristesse soit infinie. Pleurer un bon coup. Exploser en mille morceaux de chagrin si soudainement qu'on est incapable de les ramasser. Être en miettes éparpillées, en éclats, en poussière. Alma se met à pleurer, pleurer, pleurer. De longues secousses remplies d'affliction. Toute la désolation sort d'elle en un long sanglot interminable, intarissable. Ce sont des pleurs d'enfant, inconsolables. Une terreur nocturne, quelque chose de totalement incontrôlable, irraisonnable. Philip ne dort pas, lui non plus. La détresse d'Alma le renvoie à sa propre douleur. Cette nuit-là, il est spectateur de l'effondrement de sa femme et n'a qu'une seule envie, la soulager. Il essaie de lui parler, mais rien n'y fait, aucun mot ne peut consoler ce malheur-là. Il s'en rend compte, il sait, il ressent la même chose. Il ne dit plus rien, il comprend qu'il ne peut rien faire pour elle, qu'il n'a pas de solution à lui apporter et cela l'achève. Alors, il s'assied derrière Alma et l'entoure de ses bras. Il pleure lui aussi. Il enfouit sa tête dans ses cheveux. Doucement il la berce. Ensemble, sans un mot, ils versent toutes les larmes de leurs corps. Cela dure des heures. Leurs sanglots se diluent dans le lent mouvement de balancier, s'espacent et s'affaiblissent. Lorsque le silence revient, ils s'allongent et s'endorment blottis l'un contre l'autre. Entre eux comme un enfant, leur épreuve partagée.

75

Encore une journée morne, rythmée par l'aller-retour à l'hôpital et la recherche interminable de la fraîcheur. Encore une journée sans entrain. Déjà, la soirée s'éternise, le soleil commence à disparaître mais il n'a pas dit son dernier mot. Ellen s'installe sur la méridienne pendant qu'Alma couche Tom. Philip reste un peu puis s'éclipse, il a encore des recherches à effectuer. Alma rejoint sa sœur sur la terrasse. La soirée est douce. Les lattes ont absorbé les rayons du soleil et en gardent une tiédeur suave. Durant le repas, Philip et Alma ont fait part à Ellen de leurs lectures et des pistes qu'ils explorent, de leur volonté de trouver un meilleur traitement pour Tom car il leur semble que le protocole actuel ne mène nulle part. Chaque cancer est unique, leur a-t-on souvent dit, il n'y a pas de médicament miracle. Il faut donc envisager toutes les possibilités. Dans le doute, ils préfèrent ne rien écarter. La multiplicité des approches peut faire la différence. Ils mettent toutes les chances de leur côté. Ils redoublent d'efforts. Ils espèrent trouver un traitement, peut-être plus récent, moins agressif, qui conviendrait mieux à Tom. On ne pourra pas dire qu'ils n'ont pas essayé. Ils jouent sur tous les tableaux en espérant une seule chose, trouver le bon remède. Ils se rendent compte qu'ils ont à tort tenu la parole des médecins pour sacrée, puisqu'ils en découvrent la pluralité. Ils ne lâchent aucune hypothèse désormais, s'accrochent à toutes les éventualités. Ils sont prêts à rencontrer mille spécialistes, à considérer d'autres thérapies, à aller dans d'autres hôpitaux, d'autres pays. Ils ne prendront jamais un non pour acquis. Ils sont moins dupes, plus méfiants qu'aux premiers jours. Plus aguerris.

Pragmatique, Philip se raccroche à la science, au savoir. Pugnace, il compulse toutes les données qu'il juge significatives et parmi lesquelles il espère une théorie pertinente. Cartésien, il ne veut pas se laisser guider, prendre par la main comme un petit enfant à qui l'on donnerait des ordres. Il refuse les idées toutes faites, se construit sa propre opinion. Alma est plus intuitive, elle recherche ce qui lui parle, consciente d'évoluer dans un univers dont elle ne possède aucune clef. Elle rencontre les familles, parle avec les accompagnants, consulte les thérapeutes et les soignants. Elle écoute ceux qui sont au plus proche de la maladie, qui la côtoient tous les jours dans le corps des patients. Elle ne se prend pas pour un savant, son attitude est bien différente de celle des médecins. Elle se fiche de savoir comment un traitement fonctionne, mais va chercher celui qui fonctionnera enfin. Pour elle, c'est tout ce qui compte, à la fin.

Philip et Alma évoluent. Ils commencent à mieux comprendre, à se familiariser avec le monde de la cancérologie. Ils n'ont pas abandonné les sites d'information sur le Net, mais ils achètent aussi des revues, des ouvrages plus précis, plus ciblés. Ils se jettent à corps perdu dans cette littérature. Ce qu'ils veulent trouver parmi ces tonnes de pages, ces centaines de mots, c'est la vérité brute, non filtrée. Ils décortiquent toutes les données qui se trouvent maintenant entre leurs mains. Ils compulsent les statistiques, sont atterrés par les chiffres. Ce qu'ils lisent n'est guère encourageant.

Qu'à cela ne tienne, ils veulent croire envers et contre tout que leur fils peut être sauvé. Ils se renseignent sur les molécules innovantes, les mutations génétiques qui alourdissent le diagnostic, celles qui favorisent l'assimilation des médicaments. Ils constatent la multitude d'options et de combinaisons thérapeutiques. Ils découvrent les protocoles les plus avant-gardistes. Ils contactent les centres aux techniques les plus avancées, les chirurgiens les plus audacieux, ils connaissent dorénavant le nom des oncologues réputés. Ils écrivent, notent, prennent des rendez-vous, ils enregistrent les conversations. Ils s'immergent dans des recherches marginales et pointues, c'est leur planche de salut, ce qui les maintient en équilibre. Ils apprennent à leurs dépens que le monde de la santé est un véritable marché. L'offre et la demande, les lobbies, la recherche du profit n'y sont pas étrangers. Ils passent outre, bien obligés, mais n'en demeurent pas moins révoltés.

Ils tombent par hasard sur des témoignages de survivants, ceux qui, contre toute attente, s'en sont sortis. Ils s'intéressent à ces cas inattendus, telles d'étranges anomalies. Le silence autour de ces histoires ne fait qu'accroître leur curiosité et leur intérêt. Ces patients remarquables, largement ignorés, leur donnent une raison d'espérer. Parmi ces histoires de guérison spontanée, de rémission radicale, de rétablissement inexpliqué, il y a forcément un fond de vérité. Parfois, le cancer ne tue pas. Ils en sont tout remués.

Rien n'existe plus que cette quête forcenée. C'est la gorge du loup dans laquelle ils se jettent. C'est un travail chronophage et sans fin qui monopolise toutes leurs facultés. Le temps n'est pas leur allié, ils le savent. Dans cette course à flux tendu, ils ne faiblissent pas. Ils ont de la ressource. Tant que leur fils sera vivant, ils chercheront ce qui peut le sauver. L'idée les galvanise comme des esprits rebelles.

76

Ces jours-ci, il fait chaud même dans la maison rouge. Alma a beau ouvrir les fenêtres, celles-ci sont trop étroites, aucun courant d'air ne vient chasser la chaleur accumulée. C'est une véritable étuve. À la météo, ils prévoient toujours le même temps. Cela fait même la une des journaux. Les températures sont exceptionnelles et aucun changement n'est annoncé. Le pays entier se retrouve sous une chape de plomb, un ciel bleu saturé sans aucun nuage, un temps splendide qui n'en finit plus. On parle de réchauffement climatique, de sécheresse, de bétail assoiffé, de récoltes perdues. On craint même les feux de forêt. On parle de la température de l'air, de celle de l'eau, trop élevées. On parle d'efflorescence algale, ces algues bleues qui naissent par grosse chaleur. Cela arrive parfois, au lac des Longues-Eaux, mais seulement à la fin de l'été. Le soleil, lui, se moque bien de l'inquiétude des hommes. Il inonde les champs, les prairies, les forêts qui habillent le pays. La végétation s'affole, elle prolifère, presque tropicale. Les lacs, comme un chapelet de diamants, scintillent dans l'été inhabituel.

Alma est partie tôt se baigner, au moment où cette chaleur n'est pas encore accablante. Près du lac, de toute manière, l'été ne mord pas. La frange épaisse des arbres protège les rives et leur permet de garder une relative fraîcheur. Les oiseaux ne s'y trompent pas, ils sont nombreux à s'abriter dans l'obscurité de la végétation qui pousse les pieds dans l'eau. Aux heures matinales, ils pépient sans gêne, persuadés d'être seuls.

Ce matin, le soleil éclaté sur la surface danse en vaguelettes serrées. Alma n'a jamais vu le lac ainsi, il paraît assoiffé. Le niveau d'eau a baissé drastiquement ces derniers jours, dénudant la rive asséchée. Le ponton semble plus haut, hissé sur des échasses. Sous son ventre, l'eau s'est retirée, marée basse. L'odeur qu'elle dégage ce matin est plus forte, comme condensée, ramassée.

C'est ce qu'Alma apprécie par-dessus tout. Chacune de ses visites au lac semble être la première. L'étendue d'eau est toujours une découverte, une surprise pour chacun de ses sens. Elle revêt, selon le sens et la force du vent, l'heure et la lumière, un éclat nouveau. Alma y découvre une onde inédite, une musique inconnue qui la prennent de court. Même le premier bain du jour est nouveau, la sensation de l'eau sur la peau, sa texture, sa température, son odeur. Aujourd'hui encore, Alma en étudie les nuances, s'émerveille devant tant de subtilité. Elle aussi aimerait pouvoir surprendre. Changer d'apparence, varier au fil des saisons. Braver l'accoutumance dans laquelle elle s'enferme petit à petit. Elle hésite, puis ferme les yeux, se tourne dos au lac et se laisse tomber en arrière, raide, jambes tendues, bras ouverts. Elle heurte violemment l'eau en un plat retentissant. C'est une sensation brutale, un coup cuisant qui lui brûle le dos un long moment. La douleur causée par le choc résonne dans tout son corps puis se diffuse et irradie. Il lui faut un peu de temps pour reprendre ses esprits. Alma, en quittant le lac, pense que dans les gestes routiniers autant que dans les moments inattendus, on a toujours la possibilité de se renouveler.

77

Ellen montre à Alma et Philip comment faire, pour la toilette de Tom. Elle connaît les gestes, sait comment procéder. Dorénavant, on le porte, on l'assoit sous la douche, on le savonne. Tom se laisse faire, son corps amolli est une charge de plomb difficile à soulever. C'est pour tous un déchirement. Ellen est si émue devant cet enfant et son martyre. Elle en croise dans son travail, des cas comme lui. Elle en a vu, des enfants tomber pour moins que ça. Partir en moins de temps qu'il ne faut pour le dire. Des sourires qui s'éteignent comme des cierges qu'on souffle. La vie est faite d'accidents, de malheureux hasards et de rencontres fortuites, elle le sait bien. Elle aurait tant voulu que Tom n'ait pas à affronter ce drame-là. Elle aurait tant aimé que le destin épargne son neveu, son môme en rêve, son presque fils.

Ellen est une pacifiste. Même au travail, elle s'étonne toujours du vocabulaire utilisé pour évoquer le lien entre les patients et la maladie. On parle de combat à livrer, d'ennemi, de champ de bataille où le patient doit prendre les armes, devenir guerrier, se défendre en espérant la victoire. Elle a fait part de ses interrogations à Alma. Pourquoi la guérison devrait-elle s'obtenir au prix d'une lutte contre son propre corps ? L'idée lui paraît tellement déplacée. Il faudrait au contraire apprendre à se tranquilliser. Faire naître le désir du rétablissement, le laisser s'exprimer, en pleins et déliés. Pas un instant, dit-elle, on ne propose aux patients d'entrer en cohésion, de jouer de diplomatie, d'accompagner dans la douceur leur corps meurtri vers la convalescence. Elle aimerait tant qu'on leur apprenne à se libérer de la peur, polluante et morbide, à refuser d'être victime ou otage, à ne pas renoncer à être vivant. Que chaque patient puisse se dire qu'il va falloir bien la vivre, cette vie sauvée. Cela la rend triste de penser à ces enfants qu'on force à devenir petits soldats. Pour elle, Tom ne devrait pas avoir à se battre pour sa santé. La solution ne se trouve pas toujours dans le conflit et la lutte armée.

Alma sait bien que sa sœur est d'autant plus affectée qu'il s'agit de son neveu. C'est son côté maternel. Dans sa vie, la seule ombre persistante, c'est l'absence d'enfant. Ellen aurait rêvé d'avoir un bébé. Elle avait un temps caressé l'idée de se débrouiller, cherché à procréer par insémination artificielle, mais cela ne s'est finalement pas fait. Autour d'elle, les avis étaient partagés. Héroïsme, égoïsme, son choix générait bien des débats. Elle avait trouvé déplacé qu'on lui pose certaines questions ou qu'on lui donne un avis qu'elle n'avait jamais demandé. Ellen en avait parlé une seule fois, à demi-mot, avec ses parents. Sa mère avait haussé les sourcils, son père avait haussé les épaules, ils avaient imposé leur silence coutumier. La question n'avait plus jamais été abordée. Alma n'avait à l'époque rien su de son manque. Ellen lui avait trouvé des circonstances atténuantes, elle avait pensé qu'elle était jeune, comme pour l'excuser, oubliant que c'était elle, la cadette. Mais elle lui en avait voulu. Alma n'avait à cette époque que le cœur en fête et le ventre rond.

Entre sœurs, elles n'ont pas toujours été tendres. Leurs négligences ont laissé des traces, une distance. La famille regroupe des destins aux attentes dissonantes. Et pourtant, elles ont un nombre incalculable de souvenirs communs qu'elles chérissent comme un trésor. Une enfance partagée, même un peu terne, forge les liens fraternels. Est-ce cela, être sœurs, est-ce vivre avec joie un amour imposé ? Leur sang est le même, cela suffit-il pour s'aimer ? Et puis Tom était né. Le fils de sa sœur, son enfant à demi, son plus qu'aimé. L'amour qu'Ellen avait prévu de donner au bébé qu'elle aurait dû porter lui avait été d'office tout entier accordé. Cet enfant solaire l'avait subjuguée, elle s'était retrouvée mère par procuration, tante, marraine et fée, et cela l'avait comblée.

La naissance de Tom avait effacé le malentendu entre les deux sœurs. Pour Ellen, il s'agit maintenant de ranger ses rancunes. Alma a besoin de son soutien. Elle n'y voit aucun inconvénient, n'oppose aucune résistance. Il lui vient un amour inaltérable pour cette femme qui ne lui ressemble pas et qui l'a ignorée au point de la blesser, cette femme qu'elle connaît si peu mais dont l'effondrement la brise. Lui a-t-elle pardonné ? Ellen ne sait pas. Elle se jure simplement d'être toujours présente à ses côtés. Elle n'a que ses bras pour l'étreindre. Pour lui enlever un peu de la boue qu'elle porte haut dans le cœur, des cailloux qu'elle a, tassés au fond de sa bouche, des ombres noires qui se sont réfugiées au fond de ses yeux et ont asphyxié le ciel bleu. Ellen sait qu'elle ne pourra jamais redonner à la vie de sa sœur tout son éclat, mais elle aimerait pouvoir y poser délicatement une multitude de petits firmaments pour qu'au moins elle ne se perde pas.

78

Tom se réveille en larmes en plein milieu de la nuit. Philip et Alma accourent à son chevet, le consolent comme ils peuvent. Alma le berce contre elle, lui caresse lentement le dos, Philip lui apporte un verre d'eau. Ils cherchent à savoir pourquoi il pleure ainsi. De sa voix de petit garçon, entre deux sanglots, il fait ce poignant constat : il ne sait pas pourquoi. Une tristesse immense les envahit. Cela lui arrive régulièrement maintenant, de se réveiller ainsi, secoué de sanglots. Ils sont éprouvés par la récurrence de ces larmes, ils se laissent encore surprendre par la soudaineté de ces crises subites comme un orage sec et bref.

Comme n'importe quel enfant, un enfant atteint d'un cancer a des rêves, forcément. À quoi ressemblent ceux de Tom en ce moment ? Alma a le cœur crevé lorsqu'elle se dit que leur enfant est habité d'une peur qui ne s'exprime qu'au plus profond de ses nuits. Qu'elle ne sait rien de ce qu'il invente, de ce qu'il imagine lorsqu'il pense à son enfance qui s'évanouit dans la maladie. Comment se défend-il face à cette peine terrifiante qui pourrait l'engloutir sans pitié ?

Alma craint qu'il ne se perde et ne se noie dans un océan de songes désastreux. Elle redoute ses chagrins qui pourraient le briser de l'intérieur, quand ils explosent dans l'ombre de son cœur. Lorsqu'il tente de se rendormir après une crise, elle se blottit contre lui. Elle cherche par sa présence maternelle à dissiper cette peine inconsciente qui le rejoint au-delà de ses rêves, là où l'on pleure les bonheurs anciens. Elle aimerait tant que sa tristesse ne soit qu'un revers lié à un chagrin d'enfant, elle a peur qu'il n'en soit rien.

Quand ils en parlent le lendemain, il se souvient vaguement de s'être réveillé, mais ne dit rien de plus de son désarroi. Il est chaque matin le même, vaillant et imperturbable. Ses parents, désemparés, ne veulent pas évoquer l'épisode de la nuit et en raviver le souvenir. Le fossé se creuse entre leur inquiétude et son flegme naturel.

Une seule fois, Tom avoue à sa mère :

— Ça m'arrive de penser à des choses sur la maladie mais je ne sais pas si j'ai envie d'en parler. Les mots, quand ils trottent dans ma tête, ils font réfléchir, mais quand ils sortent de ma bouche, ils font pleurer. Alors je préfère les garder secrets.

Alma est ébranlée. Elle a tellement peur qu'il refoule ses peurs. Elle ne veut pas que son fils se taise. Elle redoute la conspiration du silence. Elle veut qu'il se fissure, qu'il craque, qu'il extériorise tous ses sentiments pour ne pas se laisser dévorer par la peur. Intérieurement, elle lui ordonne de surtout ne jamais chercher à protéger ses parents d'un oubli, d'un mensonge, d'un non-dit. Elle lui jure qu'il peut tout lui confier, qu'elle est là pour l'écouter, qu'elle trouvera les mots pour le rassurer. Elle n'en est pas si sûre, mais elle essaie de mettre le ton pour paraître convaincue. Elle lui dit aussi qu'il peut trouver en lui les ressources nécessaires pour mettre de l'ordre dans ses sentiments et ses pensées. Elle veut l'aider à coller des mots sur ses émotions, à visualiser sa maladie. Elle lui parle de cette boule qui a poussé dans sa tête. Il dit qu'il préférerait que ce soit une pâquerette, c'est plus joli et on peut en faire des bouquets. Il lui raconte alors, un peu comme Nils ferait, comme s'il inventait une histoire, ses pensées en ciel de lit, son cancer en petite fleur et sa peur déguisée.

79

La chaleur métallique enveloppe tout ce qu'elle touche, brûlante comme un fer chauffé à blanc. Les deux sœurs ont trouvé refuge sur l'herbe sèche, elles se sont allongées sur un drap dans l'ombre salvatrice du grand hêtre près de la maison d'été, là où le soleil vient rarement lécher la terre.

Ce matin, en allant au lac, Alma a croisé une connaissance, une jeune femme du voisinage. Visiblement émue, elle a voulu lui témoigner sa sympathie, lui a dit que tout le monde savait pour Tom au village et qu'on les trouvait bien courageux. Gênée, Alma lui a à peine répondu et s'est presque enfuie en courant pour échapper à la fin de la conversation. Cela la dérange, ces gens qui vantent leur grand mérite. Au fond d'elle, elle aimerait redevenir insignifiante et ne pas être louée pour cette qualité née de la maladie de son enfant.

Alma parle de l'incident à sa sœur.

— Je ne comprends pas quand on me dit qu'on nous admire. Mais qu'est-ce que les gens s'imaginent ? Est-ce qu'on a le choix ? C'est mon fils, je ne vais pas le laisser mourir les bras ballants ! Qu'on ne me parle pas de combativité, vraiment, il n'y a aucune option. Je suis forcément dans l'action, je ne me vois pas faire autrement. Je ne peux pas vivre sans au moins essayer de sauver sa peau. Comment pourrais-je me regarder dans le miroir sans cela ? En fait, à chaque fois qu'on me parle de courage, je vois une imposture.

— Tu ne crois pas être courageuse, quand même ? Au moins un peu ?

— Non, je me suis juste retrouvée face à un imprévu auquel je dois faire face, aux côtés de mon enfant qui n'a rien demandé.

— Il n'est pas pour toi question de volonté ?

— Non. Il est question de persévérance, d'obstination, de ténacité. On ne sait pas pourquoi on se dit Allez, il faut y aller, encore un jour, encore un pas. Si l'on tient encore, peut-être qu'on pourra trouver un traitement plus adapté ? Si l'on avance encore, si on montre qu'on est forts, qu'on ne cédera jamais ? Alors on se relève, fourbu et fatigué, mais on reprend sa marche. Quelle que soit la route, quelle qu'en soit la durée. On doit continuer, coûte que coûte, malgré les coups reçus. Face à l'adversité, c'est un réflexe primitif, irrationnel.

Ellen ironise :

— Un côté tête de bois ? Je te reconnais bien là.

Alma sourit mais fait semblant de ne pas avoir entendu.

— C'est sûrement un peu absurde, mais c'est surtout foncièrement humain. Et quand je doute, je me dis N'abandonne pas trop tôt, pas trop vite. En fait, je crois que je n'arrive plus à être lâche. En aucune façon je ne peux me résoudre à capituler. Mais, encore une fois, ce n'est pas de l'héroïsme, c'est un mécanisme instinctif, irréfléchi. Ça a l'air beau comme ça, noble et magnanime, mais ce n'est qu'une illusion. C'est une condamnation, aussi.

Ellen réfléchit à ces mots en silence. Ils sont durs, mais elle en entrevoit la justesse. Ce dévouement sans faille, corps et âme, peut être comparé à une volonté sacrificielle. Elle n'avait jamais imaginé que se consacrer à son enfant puisse être vécu comme une sorte de sanction. Alma exprime avec sincérité tout ce qu'il y a d'impératif à être un parent dédié exclusivement à son enfant malade, dans l'attente d'un miracle. Un parent en mission, en croisade.

80

En rentrant de l'hôpital, Alma et Philip ont couché Tom, une fois de plus harassé par la journée. Philip est resté auprès de lui, il en a profité pour tenter de se reposer. Ses traits sont de plus en plus marqués. Il a l'air de plus en plus accablé. Il a appelé son manager. Celui-ci lui a dit de ne pas s'en faire. C'est l'été, les affaires sont calmes et il doit se consacrer à sa famille. Qu'il prenne le temps de s'occuper de son enfant. Ils feront un point à la rentrée. Sa sollicitude est un cadeau inestimable, se dit Philip. Mais pense-t-il réellement que tout sera réglé d'ici la fin de l'été ?

Alma est exténuée mais se décide à aller au lac. Elle sait qu'elle doit passer outre ce désir de ne rien faire, de se laisser aller. Là-bas, elle arrive toujours à relativiser, à voir les choses autrement.

Ce qu'elle aime particulièrement quand elle nage, c'est la sonorité cadencée et rassurante de ses mouvements. L'eau qui s'écarte lorsqu'elle la pousse de ses bras, le clapotis qu'elle casse entre ses mains, la résistance de la matière sur son torse, sur ses jambes, le son de sa respiration, toutes ces vibrations qu'elle perçoit de l'intérieur, musique en sourdine, chant de vie. Elle entend à présent le lac chuchoter en ondulations longues. Alma nage longtemps. À la fin, elle peut entendre son souffle s'épuiser, poussif et haché. Plus elle force, plus elle sent qu'elle a du mal à respirer. Elle s'arrête, s'accroche à l'échelle. Elle peine, c'est douloureux dans sa gorge, une brûlure. Sa respiration siffle presque. Elle écoute, hypnotisée, le sang qui bat dans ses tempes au rythme du lac.

Elle se répète un mot, inlassablement, en boucle. Une litanie. Elle se le dit et le redit. Elle doit tenir. Tenir, tenir un jour, encore un jour de plus. S'accrocher aux heures et aux minutes qui défilent, inlassables. Si l'esprit n'est pas là, si le cœur est en berne, tenir petitement en attendant que ça revienne. Tenir parce qu'au bout il y a peut-être un sursis. Tenir parce qu'après tout, c'est aussi mystérieux et ténu qu'avoir la foi. Tenir, tenir malgré tout, ne pas choir. Demeurer et croire.

Un nuage passe au-dessus d'elle. Elle étend son corps, s'allonge sur l'eau. Son souffle a repris un rythme régulier. Elle se laisse mollement porter par les vaguelettes qui ne parviennent pas à la déstabiliser. Elle est comme inerte, bout de bois drossé. L'ombre du nuage passe sur son visage. Elle peut sentir le froid de son ombre, son épaisseur, sa lourdeur. Il obscurcit un court instant son champ de vision. Ce nuage évoque pour elle tout ce qui lui arrive. C'est un résumé très précis, condensé de ce qui se passe dans sa vie.

81

C'est un matin comme les autres où Tom sommeille dans cette chambre d'hôpital, durant les soins. C'est éprouvant, triste et long. Les heures passent, sans aucune consistance. La baie vitrée donne sur le bâtiment d'en face. D'autres malades, d'autres drames. Les fenêtres ne s'ouvrent pas sur le dehors, le soleil ne donne pas jusque-là. La vie ne semble tout simplement pas pouvoir pénétrer entre les murs meurtris. Nils passe comme à l'accoutumée veiller sur ce petit bonhomme aux paupières closes. Il reste silencieux, ça ne le dérange pas. Il continue à raconter des histoires de sa présence tatouée. Une fois le traitement administré, Tom peut rentrer. Il dort généralement durant tout le trajet. À la maison, il reste dans sa chambre. Son corps n'est plus à lui. Ses yeux se ferment si souvent. Il est tellement faible qu'il faut le porter jusqu'à son lit. Il ne supporte plus la lumière du dehors, il dit qu'il préfère être à l'intérieur. À l'abri.

C'est si dur pour eux de voir leur enfant s'effacer peu à peu. Philip et Alma traînent dans la maison, sans but, ils commencent à ressembler à des fantômes, abrutis par les nuits sans sommeil et l'angoisse de chaque nouvelle dégradation de la santé de Tom, chaque nouvelle visite à l'hôpital. Ils vivent en pilotage automatique, se côtoient dans la maison sans vraiment partager leurs impressions. Ils savent instinctivement qu'ils n'ont pas la force de se remonter le moral. Même en s'en remettant totalement à la médecine, l'état de leur fils ne s'améliore pas, ils se sentent démunis. Ils ne sont pas encore tout à fait rompus, anéantis. Ils ne sont pas tombés dans les antidépresseurs. Leurs mains parfois se trouvent et s'étreignent pour ne plus faire que trembler. L'abattement revient à heures régulières, sournoisement. La tristesse n'est jamais loin, un faux pas et ils se retrouvent les pieds dedans, englués, incapables de s'en dépêtrer. Ils n'ont pas envie d'en parler.

Le découragement les guette. L'espoir se meut comme un pantin aux fils rompus, une pauvre marionnette désarticulée. Ils ont l'impression que rien, plus jamais, n'aura le goût d'avant, que quoi qu'ils fassent la bataille est perdue d'avance, l'ennemi bien trop puissant, trop pernicieux, trop hypocrite. Ils se lèvent tous les jours pour aller au front sans armes, totalement conscients de leur faiblesse. Ils se battent mais savent qu'ils ont peu de chances de s'en sortir sans casse. On le leur a dit, ils doivent se préparer. Cette résignation a pour eux le goût cuisant de la défaite.

82

Alors qu'Alma revient du lac, sa robe se prend dans une ronce de mûrier et l'étoffe se déchire. C'est une vieille robe qu'elle porte tout le temps, d'un bleu passé, au toucher doux tant le tissu est élimé. La seule qu'elle aime encore parce qu'elle lui rappelle un autre temps, un autre été, quand Tom était en bonne santé.

Depuis quelque temps, Alma n'accorde plus aucune importance à son apparence physique. Elle se moque de ces futilités. Elle ne prend plus soin de son image, ne se regarde plus jamais dans une glace. Elle a pour la féminité ce désintérêt des vieilles femmes délaissées. Elle oublie de se faire belle. Elle s'habille mécaniquement, attache ses cheveux sans coquetterie d'un élastique serré. Elle néglige ce corps fidèle et endurant qui la porte, elle mange machinalement. Elle perd toute notion charnelle. Elle se dissout petit à petit, elle se désagrège. En son propre corps, évanescente, elle s'absente.

Ellen se sent désarmée devant cette sœur qui ressemble de plus en plus à une endeuillée. Elle voit dans ce hasard une chance de lui redonner le goût du joli. Comme elle fait à peu près la même taille qu'Alma, elle lui propose de lui prêter une de ses robes.

— Pourquoi pas celle en cotonnade rayée ? Je sais que tu l'aimes bien.

À l'étage, Ellen aide sa sœur à enfiler la robe devant le miroir de la chambre. Elle ferme les boutons, ajuste la taille, lisse l'étoffe du plat de la main, observe le résultat. Sans joie, Alma se laisse faire et croise le regard de son reflet creusé. Elle se reconnaît à peine, dans cette robe bien trop jolie, avec ce regard si triste. Elle a un geste de recul, détourne les yeux et, lasse, retire la robe avec un soin méticuleux.

— Je ne crois pas qu'elle m'aille, tu sais.

Lorsque Alma rentre de l'hôpital avec Tom plus tard dans la journée, elle trouve sur son lit sa vieille robe bleue, lavée et repassée. L'ourlet effrangé est raccommodé et l'accroc discrètement reprisé. Ellen en a pris soin comme s'il s'agissait d'un talisman rare et précieux.

83

Assommé par le traitement, Tom s'est encore assoupi durant sa dernière séance de chimiothérapie. Dans le lit à côté, c'est une adolescente maintenant. Une fille longue, maigre et pâle, presque transparente. Tom a tenté faiblement de lui dire bonjour mais il s'est heurté à un mur de silence. Elle lui tourne le dos, on entend seulement sa respiration difficile et le bruit de la perfusion.

À côté du lit, Alma et Ellen boivent un café, leur bâtonnet tourne dans leur gobelet en un raclement discret. C'est entre elles un petit rituel qui les rattache à la consistance des choses du quotidien. Alma n'en revient pas, les soins se terminent déjà. Le temps semble avoir filé sans avoir apporté la moindre amélioration. Cela la laisse songeuse. Que va devenir son fils ? Les traitements lui permettaient d'envisager une réalité où la guérison était possible. Sans cela, à quel espoir tangible va-t-elle pouvoir se raccrocher ? Elle aimerait pouvoir tout laisser tomber. Abandonner le navire, refuser ce qui l'attend dans cette vie-là. Parce que ça ne lui plaît pas. Elle n'a jamais aimé le drame. Elle pense qu'on devrait pouvoir arrêter la partie, quitter la table quand les dés sont pipés.

Changer de vie. Alma y a songé. Juste pouvoir changer de destin. Se dématérialiser, quitter cette histoire-là. Quitter Philip, quitter Tom, revenir à la ligne de départ, quand tout était possible, quand tout était permis, les rêves et les envies à portée de main. Elle voudrait pouvoir revenir au début, dans la facilité de la jeunesse. Le futur empli de bonheur et d'attentes extraordinaires. L'idée d'absolu que l'on a quand on a vingt ans. Pas de désespoir. Pas de larmes en continu, de grand malheur. Juste l'avenir radieux qu'on se promet à cet âge. Sans ombre, sans douleur. Elle voudrait pouvoir encore s'interroger entre deux rêveries, comme quand elle était petite, Quand je serai grande, est-ce que j'aurai de beaux jours devant moi ? Et se laisser bercer d'illusions. La fuite est tentante. Prendre quelques affaires, trois fois rien, et s'en aller. Pas forcément loin, pas forcément dans un endroit rêvé. Une petite chambre d'hôtel modeste ferait très bien l'affaire. Pour souffler, se délester. Elle l'imagine seulement, elle sait qu'elle est incapable de s'éloigner. Elle réalise d'un coup que, pour vivre, l'air qu'elle respire doit être le même que celui de son fils.

Entre deux gorgées de café, Ellen observe sa sœur en silence. Elle voit en ce moment précis Alma perdre sa légèreté. Elle se rend compte qu'elle s'émacie, qu'elle s'effiloche, s'use à force de questions et d'inquiétude. Sa sœur si confiante en la vie, si enjouée, si aimante des jours qui lui étaient donnés, sa sœur est lentement en train de s'éteindre. Son optimisme s'amenuise, elle ne danse plus dans la lumière. Cela la peine au-delà de ce qu'elle aurait pu imaginer.

84

Après le dîner, Alma et Philip ont pris la direction du lac. Ils marchent côte à côte, silencieux, sans trop savoir si ce silence est de bon augure. Alma a parfois l'impression qu'ils agissent comme deux inconnus se souriant poliment, s'excusant de leur maladresse, devant ajuster leurs pas, leurs pensées. Ce soir pourtant, elle jurerait qu'ils ont trouvé un équilibre précaire.

La soirée étend son ombre sur le ponton. Ils se mettent doucement à l'eau sans faire de bruit. Ils nagent côte à côte, avec de lents gestes mesurés. Peut-être est-ce la douceur de la soirée, la tiédeur de l'eau chauffée par le soleil à longueur de journée, ou leur présence à l'autre apaisée ? Ils profitent pleinement de cette trêve bienvenue. Ils restent dans l'eau le plus longtemps possible. Ils parlent à voix basse comme pour ne pas réveiller le lac endormi, leurs peurs à l'affût. Philip se retourne vers Alma.

— Tu sais, je n'ai jamais considéré la vie comme quelque chose de simple, de léger. La vie est dure, elle fait mal, ce n'est pas une succession de plaisirs que l'on collectionne dans un album.

Il marque un temps de pause.

— Mais il y a de la lumière, la fin du jour qui persiste. Comme ce soir, sur le lac.

Alma regarde au loin.

— Pour moi, c'est l'inverse. La vie est un bonheur déchu, j'ai la nostalgie des heures heureuses, des temps légers. Tu grandis, tu vieillis et tout se complique ensuite, tout devient triste et sombre. C'est douloureux, c'est comme si on n'avait plus droit à la joie. S'il y a de la lumière, c'est celle d'un crépuscule, quand la nuit recouvre le jour. Comme ce soir, sur le lac.

— Tout est une question d'angle, finalement.

— Mais qu'on l'envisage d'une façon ou d'une autre, c'est toujours le soleil qui s'éteint.

Ils se sourient tous les deux tristement. Alma regarde Philip, cet homme qu'elle aime encore. Elle lui caresse la joue d'un geste un peu timide mais plein de tendresse. Ils sont si semblables et pourtant si différents. Le lien qui les unit est plus fin, plus ténu, mais il résiste. Cela la rend heureuse. Ils se taisent, savourent, se laissent bercer par le clapotis de l'eau.

85

Les cycles de chimiothérapie et la radiothérapie sont enfin terminés. Tom passe son temps à dormir, terrassé par les rayons et les médicaments. On dirait que ce puits de fatigue est sans fond. Son corps ne répond plus, il n'est plus du tout autonome, il a besoin d'aide constamment. Son visage est figé en un masque de cire.

La zone tumorale a encore grossi mais il est difficile d'en identifier les causes, leur a-t-on dit à la visite de contrôle de ce matin. Il paraît que cela arrive souvent. Il faut attendre pour être sûr. Attendre qui ? Attendre quoi ? Attendre encore, alors que le temps manque cruellement.

Une infirmière leur parle d'une association qui réalise les rêves des enfants malades pour leur donner du courage. Elle leur parle aussi de groupes de soutien entre parents qui se réunissent pour échanger sur le cas de leur enfant. Pour trouver des conseils, du réconfort, un peu de cran. Il ne faut pas qu'ils hésitent à contacter un psychothérapeute pour eux-mêmes, ça fait toujours du bien, leur dit-elle presque enjouée. Et puis il y a cette maison, elle leur laisse la plaquette, une maison médicale pour les malades qui sont dans un état critique. Autant de gestes d'attention qui font mal, qui soulignent que Tom décline, indéniablement. Que la mort rôde à pas lents. Alma écoute d'une oreille, elle ouvre le prospectus et tombe sur ces mots : Lieu de repos médicalisé pour personnes en fin de vie. Elle est abasourdie.

L'infirmière, avant de les quitter, leur glisse un dernier conseil :

— Prenez du temps pour vous trois, pour être ensemble. Fabriquez-vous des souvenirs, c'est important.

Alma n'écoute déjà plus, c'en est trop pour elle. Elle chasse presque l'infirmière de la chambre. Elle jure l'entendre ajouter, Tant qu'il est encore temps. Elle n'a rien entendu de plus sinistre. De plus terrifiant aussi. Elle y voit l'urgence de devoir bricoler à la va-vite des petits moments joyeux. Cela revient au même que de prendre des photos où chacun prend la pose, l'air crispé, sourire forcé alors que la fête est finie. Dans les deux cas, cela oblige à ne pas vivre dans sa plénitude l'instant présent. Il faut se retirer volontairement, s'extraire de la réalité pour transformer une minute de vie en souvenir factice, se mettre derrière l'objectif pour appuyer sur le déclencheur. Pour figer un dernier instant de bonheur. Dans la bouche des autres, c'est une condamnation à mort. Tom est déjà du passé. Il est déjà une simple ombre sur papier glacé, dans un cadre posé sur la cheminée. Se fabriquer des souvenirs. L'idée est tellement inconcevable, Alma pourrait se mettre à pleurer.

86

Alma et Philip continuent leurs lectures savantes, cependant il leur arrive de douter. Ils font tout ce qu'ils peuvent, mais faire tout leur possible, est-ce assez ? Et puis qui sont-ils pour croire qu'ils peuvent vaincre le cancer de leur fils à coups de compétences acquises sur le Net et de publications scientifiques ? Toutes ces heures qu'ils gâchent, diluées à lire et déchiffrer des centaines de pages. Pourtant ce soir, ils tombent sur un court article qui évoque un nouveau médicament. Il semble agir efficacement sur une tumeur cérébrale et une mutation génétique bien spécifiques. Alma et Philip se regardent. L'espoir est fragile. Ce sont bien là les caractéristiques du cancer de Tom. Derrière la lueur bleue de leurs écrans, leurs traits fatigués s'effacent, laissent place à un regain d'intérêt. Ils se remettent à l'action. Ils fouillent la Toile, lisent tout ce qu'ils trouvent sur le sujet, n'en comprennent encore une fois que les grandes lignes. Mais cela leur suffit. Cette nouvelle molécule semble être une piste sérieuse.

Ils en parlent pendant des heures, des nuits durant. Ils sentent au fond d'eux qu'il y a un espoir, mais n'osent se fier entièrement à leur intuition. Ils veulent qu'on leur confirme le potentiel du médicament. Ils sont comme des enfants, ont besoin d'un petit signe d'encouragement. Ils entrent en contact avec le laboratoire pharmaceutique, les oncologues, les chercheurs. Tous reconnaissent qu'il s'agit là d'un traitement prometteur dans le cas de Tom.

Ce médicament, il le leur faut. Pourtant, rien n'est simple, d'emblée. La molécule, développée par un petit laboratoire, n'est disponible qu'aux États-Unis, en essai clinique strictement encadré, et proposé à des adultes en priorité. Alma et Philip découvrent avec effarement que l'âge et le lieu de naissance d'un patient influent sur son accès aux soins. Ils ne veulent pas se laisser limiter par la loi des frontières. Si le traitement expérimental n'est accessible qu'en traversant l'Atlantique, c'est ce qu'ils feront, c'est là-bas qu'ils iront. Très vite, ils déchantent. L'idée leur paraît soudain irréaliste. Ce serait pour Tom un déplacement incertain et risqué en raison de son état de fatigue et des conditions de voyage. C'est une démarche aux coûts exorbitants, et sans aucune garantie de réussite. Il faut trouver un autre moyen. Il faut que le médicament vienne à eux. Il faut obtenir l'autorisation d'utiliser ce médicament non homologué. Il faut également convaincre l'hôpital de se le procurer. Ils sentent qu'ils vont devoir sortir du cadre réglementaire, contourner les lois et l'ordre établis.

Alma et Philip veulent forcer le destin. Ils n'ont rien à perdre. La peur est leur meilleure alliée pour ne pas rester immobiles. Leur anxiété décuple leur capacité d'action.

Ils continuent à croire, sans autre soutien que leur propre volonté. C'est loin d'être aisé. Chaque jour un espoir. Chaque soir, le même doute. Ils ne se laissent pas abattre par ces oscillations entre conquête et désillusion. Les mots des médecins pour parler de leur fils sont tellement violents. Ils auraient dû s'effondrer, mais tant que Tom est en vie, ils auront autre chose à faire que d'abandonner.

87

Alma et Philip sont arrivés avec leur fils en urgence à l'hôpital. En début de soirée, l'enfant avait du mal à respirer. Ils ont écouté son souffle à la maison, saccadé, emprunté. Ils ont hésité à venir, il est tard, la route est longue, Tom est apathique, léthargique. Quand il s'est mis à convulser violemment, ils ont failli céder à la panique. Ils sont partis, affolés. Alma s'est installée à l'arrière, la tête de Tom sur ses genoux, la respiration hachée. Philip a conduit trop vite, il a roulé comme un fou en plein milieu de la nuit. À leur arrivée, ils ne passent pas par les urgences, ils filent au service d'oncologie. Tom est vite installé sur un lit. Il est brièvement ausculté par une infirmière. Elle fait vite, avec des gestes sûrs et rapides. Ils se sentent en confiance, en sécurité. Elle leur annonce qu'elle doit appeler le neurochirurgien de garde et ressort aussitôt. Tom semble se rendormir, toujours le souffle court. Les minutes s'égrènent dans le silence blanc de la nuit, insoutenables.

Lorsque le médecin arrive, il essaie de réveiller Tom. Il le secoue gentiment par le bras. Tom ne bouge pas. Le médecin recommence, un peu plus vivement. Il soulève les paupières de l'enfant qui ne réagit plus. Alma explique qu'il ne sent rien au bras gauche. Le médecin la regarde, incrédule, lui dit, Madame, il ne s'agit pas de cela, vous voyez bien, votre enfant ne se réveille pas. Le neurochirurgien appuie sur le bouton d'appel d'urgence. Blêmes, hagards, Alma et Philip restent les bras ballants, sans un mot, tétanisés. Le neurochirurgien dirige une petite lampe vers les pupilles de l'enfant pour observer leur réaction. Deux infirmières entrent en hâte. Elles allument la chambre en grand, la pièce est inondée de lumière crue. Elles leur demandent gentiment mais fermement de s'écarter. Elles secouent encore Tom, l'appellent plusieurs fois par son prénom. Elles branchent des appareils, tensiomètre, électrocardiogramme. Alma répète, C'est son mauvais côté, elle se borne à leur rappeler qu'il ne sent rien au bras gauche. D'un coup, elle flanche et se raccroche à Philip, aussi inerte qu'elle. Elle a peur de croiser son regard, continue de fixer le petit corps de Tom allongé sur le lit. Médusée, elle n'arrête pas de se dire, Alors, c'est ça ? C'est comme ça que ça se passe ? C'est donc comme ça que l'on meurt ? Une respiration qui perd son rythme, une inspiration qui n'arrive jamais, une narine qui ne frémit plus, des yeux qui arrêtent de palpiter et laissent le regard fixe ? Tout simplement ? En un claquement de doigts ? Et ceux qui, bêtement, restent là, ne comprennent pas que l'on s'en va ? C'est aussi bête que ça ? Elle s'arrête de penser. La tête lui tourne, la pièce tangue autour d'elle, elle ressent dans sa chair la fébrilité du personnel. En professionnels, ils gèrent le stress à son maximum avec le minimum de gestes et de paroles. Alma s'approche vivement de son fils, le secoue violemment par le bras, crie Tom, réveille-toi ! Philip la prend par les épaules. On leur demande de reculer encore, de laisser la place. Le neurochirurgien se penche, claque la joue de l'enfant, une fois, encore une fois, il crie, Tom, tu m'entends ?

L'enfant ouvre les yeux. Alma a l'impression qu'on a dégagé d'un coup le passage de l'air dans sa trachée.

Tom subit une ventriculostomie. La tumeur en progressant comprimait le cerveau. Il y avait trop de pression dans la boîte crânienne. Les dégâts sont peut-être irréversibles. Tom doit rester en observation quelques jours, durant lesquels on lui fait subir toute une nouvelle batterie d'examens. Quand il reprend connaissance, il dit qu'il ne se souvient de rien. Alma ne veut pas non plus garder ce moment en mémoire, elle préfère l'oublier. Refouler au fond d'elle cet instant où elle a cru que son enfant mourait.

88

Alma ne cherche même plus le sommeil. Sa tête ressasse en circuit fermé les événements, la peur immense des jours passés. Elle éprouve encore les mêmes tensions que lorsqu'elle était pétrifiée dans cette chambre d'hôpital. Elle ne parvient pas à se détendre. Elle s'est tournée et retournée mille fois dans le lit, a cherché une position qui lui permettrait de relâcher ce corps qui résiste, tendu comme un arc. Sa respiration est trop courte, elle essaie de la ralentir, mais dès qu'elle n'y prête plus attention, elle se retrouve à suffoquer. À côté d'elle, Philip dort d'un sommeil agité. Alma se lève tout doucement et va voir Tom dans la chambre à côté. Il respire calmement, à intervalles réguliers. Elle sort sur la terrasse. La nuit est tellement chaude pour cette heure tardive. L'air est encore exceptionnellement tiède, elle ne frissonne même pas au contact du vent léger. Elle reste quelques minutes à écouter les bruits du dehors, la paix de cette nuit qu'elle n'arrive pas à rejoindre. Elle se dit qu'elle doit trouver de quoi s'occuper, et lui vient l'idée d'aller au ponton.

Nager de nuit, Alma ne l'a jamais fait. Elle n'a jamais

osé. Elle n'est pas à l'aise avec l'idée de s'enfoncer dans l'obscurité, dans l'eau noire, sans rien voir. Pourtant, elle ne réfléchit pas longtemps. Elle prend son maillot et quitte la maison, s'engage sur le chemin en direction du lac. La nuit claire l'entoure, étrangement elle ne se laisse pas impressionner. Elle marche droit devant, se concentre sur le reflet moiré du lac qui apparaît au loin. Une fois sur le ponton, elle sent une certaine appréhension lui monter le long de l'échine. Elle pourrait renoncer mais elle doit reconnaître que c'est plus fort qu'elle. Elle sent la montée d'adrénaline, elle imagine pouvoir noyer ses angoisses dans des émotions fortes. Elle repense à cette histoire, Daphné, cette jeune fille disparue dont on disait qu'elle s'était peut-être noyée. Elle frissonne. C'est une peur animale, de celles qui courent sous la peau en un tremblement fin comme sur l'encolure des chevaux. Elle se met à l'eau prudemment. La surface du lac a absorbé la nuit, elle ne voit rien sous elle. L'eau clapote comme pour la rassurer mais son pouls s'emballe. Elle sent les algues longues lui chatouiller les pieds, s'enrouler autour de ses chevilles. Les doigts de Daphné. Elle se met à hurler. C'est un cri de panique, de terreur primitive. Ce cri la libère. Il emporte avec lui l'effroi et l'inertie, la peur foudroyante qu'elle ressent depuis le début de la maladie. Elle se met alors à hurler de toutes ses forces, un cri bestial qui exorcise l'angoisse, la détresse et la frustration, toutes les nuits sans dormir, tous les drames, toutes les jeunes filles noyées et les espoirs trompés.

89

Aujourd'hui, c'est l'anniversaire de Line, la petite fille qui ne reviendra pas. Des enfants avaient fait des dessins pour elle. Ils sont affichés sur le grand panneau de l'entrée, personne ne les a déplacés, ils restent là, oubliés. Dans le couloir, Alma croise la maman de Line, blanche et déconnectée. Elle salue les infirmières, les prend dans ses bras, dit merci. Merci d'avoir été là, merci pour les sourires, la gentillesse, les soins prodigués avec douceur et humanité alors que… Elle distribue des petites photos de sa fille à ceux qui voudraient garder un souvenir d'elle.

Alma la salue de loin d'un geste de la tête. Il y a chez cette femme en deuil une dignité pudique. La mère de Line hésite puis s'approche d'Alma et la prend dans ses bras.

— Je suis désolée pour Tom.

Alma a fermé très fort ses paupières pour ne pas se mettre à pleurer. C'est fou que, dans ces moments-là, la retenue soit la seule réponse appropriée. Elle ne s'attendait pas à se retrouver entre gens de malheur mais elle comprend qu'un lien indicible se tisse entre ceux qui sont passés par la même infortune. Ils partagent la même lueur éteinte dans les yeux, la perte de l'insouciance et de la légèreté. Peu de gens le savent, mais le malheur transfigure, il remodèle en profondeur les natures les plus constantes. Il leur donne cet air bancal, hésitant et confus.

La femme semble exténuée. Elle semble lire dans les pensées d'Alma, elle dit comme pour s'excuser :

— Le deuil épuise, il paraît.

Elle lui tend une photo de sa fille qui sourit à l'objectif. Dessous, il est écrit « Petite vie qui s'en va, petite fille qui s'envole » et deux dates encadrent ce qui a été une existence sur terre. Puis elle désigne derrière elle une table où est posé un joli gâteau blanc couvert de bougies. Elle sourit tristement :

— Je ne savais pas trop quoi faire. Line m'a fait promettre de célébrer son anniversaire. Alors, voilà. Je me suis dit qu'ici, ça ferait plaisir. Et puis on ne me posera pas de questions si je pleure. Vous en voulez ?

Alma refuse poliment. La mère soupire avant de continuer :

— Vous savez, elle me manque à en crever.

Elle allume une à une les bougies.

— Line aimait tant l'odeur des bougies que l'on souffle. Fêter son anniversaire, quelle idée… Elle aurait dû avoir cinq ans. Elle a quatre ans pour l'éternité.

Elle relève la tête, les lèvres tremblantes, les yeux mouillés.

— C'est probablement sa façon à elle de s'assurer que je ne l'oublie pas ? Peut-être que je ne le lui ai pas assez dit ? Ou qu'elle ne l'a pas compris ? Qu'ai-je fait pour qu'elle puisse en douter ? Comment peut-elle seulement imaginer que je vais cesser de l'aimer ?

90

À la suite de l'hospitalisation en urgence de Tom, Alma et Philip sont convoqués par l'équipe médicale. Ils sont arrivés bien à l'heure et attendent, nerveux, que l'on vienne les chercher. Une infirmière les conduit dans une salle de réunion. L'équipe est au complet, infirmières, neurochirurgien, oncologues, il ne manque personne. Le professeur Persson prend la parole. L'homme empereur ne sourit pas. Il ne sourit jamais. Il a un visage dur et fermé qui semble signifier : la vie, c'est sérieux. Ce à quoi Alma a envie de répondre, incrédule et bouleversée, Sérieuse, la vie ? Vraiment ?

La sentence tombe. Personne n'ose se regarder. La maladie s'en prend au reste du corps de Tom. La tumeur, malgré tous les traitements des derniers temps, ne se résorbe pas et continue sa lente progression, appuyant petit à petit sur de nombreuses zones du cerveau au risque de l'endommager. À force de faire pression, elle s'attaque lentement aux fonctions vitales de l'enfant. Au vu des derniers événements, l'équipe pense qu'il est plus sage de tout arrêter, de laisser Tom tranquille pour les quelques semaines ou mois qu'il lui reste à vivre. Le chef de service a beau prendre des pincettes, leur parler avec respect d'un ton compassé, il n'évoque rien d'autre que des soins palliatifs. Pour lui, c'est très clair, il n'y a plus rien à faire.

Tous dans la pièce restent immobiles. Un silence de mort les empêche de bouger. Alma a l'impression de se liquéfier. Au fond d'elle il y a de la boue, une flaque de terre meuble gorgée d'eau ou des sables mouvants dans lesquels elle s'enlise tout doucement, inexorablement. Elle entend encore sa voix intérieure, comme un écho lointain, s'évanouissant petit à petit. Elle tend l'oreille, se force à l'écouter. La voix dit qu'elle n'a pas le droit de flancher, pas encore, pas maintenant. C'est le moment où il faut apprendre à encaisser. Tout écouter, tout entendre. Ne pas broncher. Ne surtout pas s'insurger. Laisser dire mais ne pas plier. Ne pas négocier. Ne pas faiblir. Tenir droit dans ses bottes. Le jour où l'espoir s'épuise, il ne reste plus qu'une vie désolée. Elle doit se ressaisir, respire avec difficulté, elle sent les larmes monter. Elle ne voit pas Philip, mais sait qu'il doit avoir le même air hagard en ce moment. Leur angoisse les dépasse, c'est une véritable nuit qui s'abat sur eux, obscure et épaisse, emplie de la terreur la plus primaire. Tom va mourir, et on va laisser faire.

Alma regarde le professeur, suppliante, pâle, lèvres serrées, yeux embués. Il finit de dire ce qu'il a à dire, rapidement les salue et les quitte, raide et froid, de son pas pressé. Il ne leur a pas laissé un seul instant la possibilité d'intervenir. Alma n'en revient pas. A-t-il seulement un cœur, a-t-il une âme, cet homme-là ? Ils n'ont même pas eu le temps de parler de leurs recherches, du médicament américain. Le docteur Feuer leur promet de les recevoir très vite pour en parler mais lui aussi doit filer, il a une urgence. Un autre enfant l'attend.

Alma et Philip rejoignent la maison d'été sans échanger un mot. Ils sont engourdis, sans voix. La douleur les sépare. Ils ont très peur d'exprimer ce qu'ils éprouvent, d'entendre ce que l'autre ressent. C'est compliqué de souffrir à deux.

Ellen les attend. À leur air défait, elle comprend. Elle voit bien qu'ils essaient de faire bonne figure, de ne pas montrer leurs sentiments, un reste de fierté, sûrement, mais elle n'est pas dupe. Ils s'assoient tous les trois autour de la table de la cuisine. Elle leur propose un café, quelque chose à boire. Ils refusent poliment d'un signe de tête. Elle attend qu'ils décident de lui parler. Tous trois gardent longtemps le silence, chacun plongé dans ses pensées où la mort s'est invitée.

Philip interrompt le premier le silence pesant. Il s'attendait à l'attitude désabusée et à l'immobilisme des médecins. Il comprend leur décision de s'en tenir au protocole. Ils ont tant d'enfants à traiter, tant de cas désespérés, tous ne peuvent être sauvés, alors on laisse tomber les plus faibles, les plus abîmés, les cas compliqués. Mais ici ou ailleurs, pour Tom, il y a des pistes, autant d'espoirs auxquels il veut croire, il va s'y accrocher de toutes ses forces. Le temps tourne, il faut agir, maintenant, s'acharner dans l'urgence. Il ne lâchera rien. La vie de son fils dépend de sa détermination. Il est têtu, obstiné et le restera, il le promet à Alma. Il a l'énergie du désespoir. Et si les médecins ne voient qu'un cas désespéré parmi tant d'autres dans le visage de leur enfant, lui continue d'y voir une vie à sauver.

91

Alma se réfugie au lac. Elle sent le besoin viscéral, inscrit dans chaque pore de sa peau, d'aller se jeter à l'eau. Elle court presque sur le chemin. Elle se change sur le ponton. Par réflexe, elle glisse un pied pour tester la température. Même l'eau est de plus en plus chaude, elle n'a plus la vertu du début de saison lorsque, encore très fraîche, elle fouette comme un fin rameau de bouleau et réveille en sursaut tous les sens. Alma se met à douter. L'eau du lac serait-elle elle aussi en train de l'abandonner, comme ses forces, son courage et son opiniâtreté ? Elle plonge.

Sous la surface tiède de l'eau, le lac, tonique et frais, la prend par surprise et lui envoie un coup de poing au ventre. Elle accuse le choc. L'uppercut qu'elle reçoit dans l'estomac lui coupe le souffle, et ne lui reste qu'une fin d'expiration. Alma se laisse couler lentement dans l'eau trouble, sans réagir. Yeux ouverts, elle ne voit rien. Elle sent l'eau sur ses traits, l'eau qui efface et répare. Dans les profondeurs, le lac résiste à la lumière, ne laisse rien passer. Alma exhale l'air par la bouche en longs filets et continue sa descente vers le fond limoneux. Les herbes lui chatouillent les mollets.

Elle se recroqueville dans l'eau, se laisse encore couler. Aller au fond, au plus profond du lac et d'elle-même. Elle reste immergée tant qu'elle peut.

Elle fait le compte. Tout ce qu'elle n'a pas, tout ce qu'elle n'a plus. Le peu qui lui reste. Son quotidien se résume à une soustraction négative. Mais elle ne veut pas se laisser anéantir, elle refuse catégoriquement que l'on décide pour elle. Elle n'a pas de place pour la rancœur. Ça encombre, les sentiments malsains. Elle a cette intuition inscrite en elle. Dans la peur la plus noire se niche l'espoir. Elle vide entièrement ses poumons puis, d'un geste puissant et instinctif, remonte chercher l'oxygène à la surface pour les remplir d'un air neuf, bouche grande ouverte, dans une inspiration bruyante et forcenée.

92

Philip et Alma ont exigé un nouveau rendez-vous avec l'équipe médicale, ils arrivent avec un dossier entier, le fruit de leurs recherches nocturnes, de leurs lectures scientifiques. L'ironie de la situation ne leur échappe pas. Ce sont eux, simples parents, qui présentent à des oncologues expérimentés une nouvelle piste de traitement pour soigner le cancer de leur enfant.

Philip prend la parole, évoque immédiatement le médicament américain. Les médecins écoutent. Alma les observe, se demande ce qu'ils pensent de ce père qui s'accroche si fort au souffle de son fils. Maintenant, leur dit-il, il y a urgence. Il faut qu'ils revoient le protocole et les procédures habituelles, peut-être bien qu'ils passent outre les réglementations de l'établissement. Il faut qu'ils se remuent, qu'ils comprennent que non, cet enfant-là ne partira pas sans que l'on se soit battu pour lui, sans que l'on ait tout essayé. Philip a l'air si déterminé, il se montre vraiment convaincant. Alma sait bien que, au fond de lui, il est terrorisé. C'est la peur qui l'anime. Pour le sourire de Tom, pour retrouver le sourire entier de son enfant, il est prêt à tout. Les médecins ont l'air dubitatif. Ils écoutent sans ciller mais, déjà, ils se montrent récalcitrants. C'est tellement d'efforts pour gagner quoi, quelques jours, quelques semaines au plus ? C'est beaucoup de paperasse, la demande d'un médicament non autorisé. Alors ce surplus de travail, il faut vraiment qu'il soit justifié. Et puis ont-ils pensé à l'enfant, à sa qualité de vie ? Quels sont les bénéfices, les effets secondaires ? Philip leur montre les études, leur donne les références, les chiffres clés, leur enjoint de lire, eux aussi, ces publications récentes. Il sent peu à peu leur intérêt croître, leurs convictions flancher, ils écoutent attentivement à présent, se passent les copies des articles qu'il leur a apportées, ils échangent quelques regards. Ils semblent séduits mais restent sur leurs gardes, méfiants, sceptiques. Il faut qu'ils se concertent, ils ne peuvent pas décider comme ça. Ils ont besoin de lire toutes ces informations à tête reposée, d'en discuter en comité. Ils vont demander une synthèse au département de recherche. Philip, jusqu'ici très calme, entre dans une rage noire. Elle leur explose à la figure, les éclabousse. Alma n'en revient pas. Elle ne l'a jamais vu dans cet état.

— Ma parole ! On dirait vraiment que vous êtes tous prêts à laisser crever notre fils ! Nous sommes pressés. Le temps est compté, il faut agir et vite. Nous vous apportons la piste d'un infime espoir, et vous voulez prendre votre temps pour y réfléchir ? Sans soins, il ne va nulle part, vous le savez autant que nous. Quelques semaines, quelques mois tout au plus. Les articles sont là. La synthèse ? La voilà. Nous avons épluché tous les journaux scientifiques, demandé des avis extérieurs. Si vous voulez nous aider, vous devez faire accélérer les choses. Votre vocation première n'est-elle pas de sauver des vies ? L'auriez-vous oubliée ? Ce que vous faites là est totalement contraire à votre éthique, au serment que vous avez prêté ! Il est grand temps de vous secouer !

Le professeur Persson s'insurge :

— Ce n'est pas aussi simple que ce que vous semblez l'imaginer. Même si nous étions convaincus par votre démonstration, nous devons consulter notre direction, voir si une dérogation spécifique au cas de Tom peut être délivrée...

Philip l'interrompt d'une main et continue, plus fermement encore :

— Vous savez ce que cela fait à un parent d'imaginer le décès de son enfant ? J'ai l'impression qu'à force de côtoyer la mort vous êtes anesthésiés, mais nous, au contraire, l'idée nous électrise ! Nous n'avons ni vos connaissances ni votre expertise, mais ce traitement fait la une des journaux scientifiques. Il s'agit d'un réel espoir et la vie de notre fils en dépend. Alors vous allez obtenir toutes les autorisations nécessaires pour soigner notre fils et lui offrir une chance de survie. Vous n'avez rien à perdre, alors que Tom, Tom, lui...

Sa voix se brise. Philip est livide mais son regard est ardent. Alma lui prend la main et la serre, fort.

Le docteur Feuer leur demande un instant. Il sort de la salle avec son téléphone. Lorsqu'il revient, après ce qu'il leur semble à tous une éternité, il les informe qu'il a obtenu un rendez-vous en urgence avec le directeur de l'hôpital pour évoquer leur cas.

— Je vous assure que nous ferons tout pour vous aider à obtenir ce médicament.

— Merci, docteur. Nous comptons sur vous.

Il serre fermement la main de Philip et d'Alma, de cette main qu'il leur avait tendue comme une perche à laquelle s'accrocher, au tout début de l'été.

— Parfois, le corps médical perd espoir. Non parce qu'il s'habitue à la mort, on ne s'y habitue jamais, croyez-moi, surtout chez les enfants. Mais il baisse les bras pour se préserver du fol espoir, celui qui s'acharne en vain. La frontière est ténue entre l'espérance et l'obstination. Nous ferons tout notre possible pour Tom. Nous sommes avec vous, vous savez.

Son regard franc redonne confiance à Alma et Philip. Le professeur Persson sort de la salle en les ignorant superbement. Le docteur Feuer fait quelques pas pour le suivre, se retourne et ajoute, assez fort pour qu'il entende :

— Mais vous avez eu raison. Il nous faut parfois un bon coup de pied aux fesses pour nous remettre les idées en place. Je crois que nous l'avons tous bien mérité.

93

La nouvelle est arrivée ce matin. Les membres du directoire ont été convoqués exceptionnellement pour étudier le cas de Tom et tous ont délibéré en sa faveur. Le laboratoire pharmaceutique américain a accepté de fournir le médicament et l'administration de santé vient de délivrer une autorisation temporaire d'utilisation. Les modalités du protocole et du suivi ont été minutieusement établies. Dès réception du médicament, Tom pourra commencer le traitement. Il sera le premier petit patient européen à en bénéficier. Ceux des États-Unis se comptent sur les doigts de la main. Tout est allé si vite, Alma et Philip respirent un peu, enfin.

Leur vie prend une ampleur inégalée. Un souffle nouveau. Il leur semble avoir été balayés par un cyclone dont la puissance semble enfin se calmer. À présent, l'espoir s'engouffre comme un vent fou. Alma et Philip savent bien que le sentiment est éphémère, mais ce vent-là, ils ne peuvent s'empêcher de l'entendre chanter. Ce répit a la fougue d'un retour à la vie.

Tom est pâle et chauve, si frêle, si maigre. L'ombre de lui-même. Mais depuis l'opération et l'arrêt de la chimio et de la radiothérapie, les différents symptômes se sont un peu dissipés. Alma est prête à tout, se couper un bras, se crever les yeux, se jeter sous un train, du haut d'une falaise, tout, pourvu qu'il n'endure plus aucune souffrance. Il reprend aussi quelques couleurs, retrouve un peu d'appétit. Même s'il dort beaucoup, sa vitalité reparaît par touches discrètes. Et si ses handicaps sont encore présents, il s'en arrange, sans un mot, sans un bruit. Tom accepte son état avec un discernement qui n'est pas de son âge. Il réagit à tout avec tant d'aisance, tellement de constance, sans aucune remise en question. Il fait preuve d'une volonté qui le dépasse certainement, mais dont il est tout entier habité. Il possède une clairvoyance inouïe, une telle endurance. Sous les traits d'un petit enfant, Tom est un géant. Avec la maladie, sa nature s'est révélée. La grâce, la candeur qui se sont logées dans ce corps, dans ce visage, ce regard tendre, telle une aube claire que rien ne semble pouvoir entamer, altérer, jamais. L'espoir est là, dans la force renversante de cet enfant. Alors que ses parents hésitent entre soulagement et appréhension, Tom, comme à son habitude, irradie. Même malade, même meurtri, il reste Tom, l'enfant-lumière. Petit soleil, petit miracle, éblouissant, enfant astral, force vitale, condensé d'énergie. Il réchauffe, inonde de sa présence, embrasse tout ce qui l'entoure d'une douceur lumineuse comme des rayons de printemps. Un scintillement émane de lui. Et tout, autour, change de couleur, et le monde s'éclaire. Et il est bon de s'éveiller au jour, chaque jour. Et il n'y a aucune limite à rien. Et Alma n'a plus peur.

94

Alma reste étendue un long moment, le corps au repos, sur la surface polie du lac. Elle ressent encore cette légère excitation, cet infime bouleversement qui s'est produit en elle lorsque les médecins ont annoncé le début du traitement américain. Le soulagement, c'est comme la fin d'une apnée, une grande inspiration d'air frais qui dilate les poumons et monte à la tête, une légèreté subite, une ivresse sans alcool, une euphorie. On devrait toujours célébrer ces retours à la vie comme des anniversaires.

Alma glisse lentement sur l'eau, bras en croix. Elle l'écoute doucement murmurer. Dans son langage secret, le lac prononce les mots qui la sauvent. Son corps s'offre alors en prière. Elle est tout entière supplication, onde vibrante, dans l'attente d'être enfin exaucée. Cette eau vient l'envelopper, la ranimer, la rendre à la vie. Elle lui transmet une ardeur vivifiante dans laquelle elle peut puiser la force de tendre vers le jour suivant. Elle lui redonne l'élan vital qui lui permet de retourner auprès de Tom. Régénérée, elle peut lui saisir la main, poser un baiser dans son cou en humant son odeur tiède, entendre son rire et s'en délecter, écouter la musique de sa voix sans pour autant craindre que la magie disparaisse à tout instant. L'eau du lac agit comme une renaissance sacrée, un renouvellement total et entier. L'espoir sans cesse en elle se rallume avec la même force, la même intensité. Alma est enveloppée d'une assurance insondable et paisible. Il y a des jours où elle s'étonne elle-même de la certitude qui se niche au plus profond d'elle. Quand elle se dit que ça va aller, que tout va finir par s'arranger. Qu'il faut poursuivre l'espoir comme le jour galope après l'horizon, quand il est aussi large que le ciel, aussi fou que le vent qui le porte, salutaire. Dans ces moments-là, quand le silence se fait, quand en elle le tumulte se tait, elle trouve la paix, chant de croyance. Elle écoute, attentive. Et elle exulte de joie sans façon, sans retenue.

C'est une sensation étrange, Alma doit bien le reconnaître. Chaque fois qu'elle plonge, le lac la purifie et lui redonne foi comme un baptême. C'est l'image qui lui vient, elle ne peut l'expliquer autrement. La peur, aspirée par le fond, transie, reste noyée. Lorsqu'elle ressort la tête de l'eau, l'esprit fortifié, débarrassé de ses doutes, elle se remet en marche, sur la route mille fois piétinée, debout, vaillante, avec le désir intact de croire, massif, puissant, et l'amour ardent.

95

Beaucoup moins invasif qu'une chimiothérapie classique, le nouveau traitement consiste en une prise médicamenteuse par semaine. Alma et Philip se sont rendus à l'hôpital avec Tom pour la première. Le docteur Feuer a donné la capsule à l'enfant qui l'a avalée avec un peu d'eau, dans un silence ému. Avec ce nouveau protocole, Tom a beaucoup moins besoin d'aller à l'hôpital, et à part peut-être un léger étourdissement de temps en temps, il ne ressent presque aucun effet secondaire. Il y gagne énormément en qualité de vie.

Ellen essuie les assiettes qui s'égouttent lentement. Alma lui tourne le dos, elle finit de rincer quelques verres. Elle parle doucement. Sa voix semble différente, moins altérée, plus posée, elle a une intonation qui charrie un peu plus d'optimisme que ces jours derniers. Machinalement, Ellen pose son torchon pour l'écouter.

— Tu sais, j'ai encore du mal à accepter. À admettre qu'il y a une vie d'avant et une vie d'après. Au début, j'espérais que tout reviendrait dans l'ordre. Et puis, je me suis rendu compte que cela n'a aucun sens. La vie n'aura plus jamais la même droiture, le croire est un mensonge, un énorme leurre. Progressivement, tu t'habitues à ce qu'elle soit parfois menaçante, excessive. C'est alors que tu consens à renoncer. Tu réalises dans le même temps que sans ces heures lourdes et noires, ta vie ne serait pas la même. Cela lui a donné de l'ampleur, du volume, une densité sans quoi tu redeviens plume. Tu abandonnes les projections, tu acceptes la possibilité d'une existence fêlée. C'est triste et douloureux, mais essentiel pour te relever. Tu dois d'abord quitter cette envie de revenir en arrière. Il ne faut pas vouloir se raccrocher à ce qui était. Pourtant, crois-moi, on a vite fait de vouloir retrouver ses vieilles habitudes. De faire comme si de rien n'était, un peu comme si on se laissait aller tranquillement, une grenade à la main. Tu t'endurcis. Tu apprends à te connaître dans l'épreuve, tu t'exerces à résister à la peur. À repousser tes limites. C'est là que tu finis par faire preuve de résilience.

— Tu tournes enfin la page ?

— Dans ce livre-là, tu ne sautes aucun chapitre, ma chère sœur. Il faut tout lire, page après page, jusqu'au bout.

— Je vois ce que tu veux dire, répond Ellen en hochant la tête. La vie prend juste une autre dimension.

— En intégrant cette idée, pour la première fois de ma vie j'ai éprouvé un grand sentiment d'apaisement, acquiesce Alma. J'ai eu la sensation d'être cohérente. Je n'ai jamais eu l'impression d'être aussi unie. La maladie de Tom m'a ouvert les yeux sur ce dont je suis capable. Je crois que c'est valable pour tous ceux qui passent par là. Dans l'épreuve, on est mû par une force inédite. On va au bout de ses convictions, de son intuition. On suit ses croyances intimes. On se révolte. On entre en résistance. Alors on découvre véritablement qui on est et ce pour quoi on est là.

— Mais qu'est-ce que cela t'apporte, finalement ?

Si Alma était totalement honnête envers elle-même, elle avouerait qu'elle se sent mille fois plus vivante depuis le diagnostic. Cela lui paraît déplacé, elle n'est pas sûre de vouloir le formuler ainsi.

Elle se contente de poursuivre :

— S'il y a une chose à retenir, c'est qu'au-delà du traumatisme, on ose la vie. On se dit qu'il faut croire, croire, espérer et croire. On puise en soi une force inestimable qui est là, qui attend. C'est un cercle vertueux. Plus on espère au-delà des convenances, à en perdre le sens de la mesure, à en perdre la raison, plus on tient la fatalité à distance.

— Ça a l'air évident, dit comme ça…

— Rien ne l'est moins. L'espérance est en perpétuel mouvement, ballottée, sans ancrage. Mais on peut décider d'être habité par la détermination.

— Et on n'a plus jamais peur ?

— Avoir de l'espoir n'empêche pas de douter. La peur connaît le chemin, elle sait qu'elle peut revenir quand elle veut nicher au creux de tes reins. Perdre Tom fait désormais partie de mes plus grandes terreurs, déclare Alma en détournant le regard vers la fenêtre ouverte. Cette angoisse-là me poursuivra toute la vie. Peut-être un jour pourrai-je y penser sans me sentir déchirée, sans avoir le cœur labouré. Sauf que tu ne peux pas te prémunir. Tu gardes ta fragilité, tes doutes et tes peurs, tu apprends seulement à les contenir.

96

La longue attente a commencé pour Alma et Philip, avec son lot d'incertitudes. Le traitement convient-il à leur fils ? Sera-t-il efficace ? Car malgré les promesses du médicament, ils savent qu'il y a trois cas de figure. Régression rapide, stabilisation, ou inefficacité totale. Les médecins ne se prononceront pas avant trois à six mois. Tout est encore possible. Tom peut encore les quitter. Ils réalisent que croire, ce n'est pas être fort, ce n'est pas être courageux. C'est la seule chose qui s'impose quand tout s'est obscurci.

À l'hôpital, lors d'une visite de contrôle, Alma et Philip croisent le professeur Persson. Il les salue à sa manière, totalement dénuée de sympathie. Il regarde à peine Tom mais s'intéresse à son cas. Ce nouveau médicament l'intrigue. Avant de les quitter, il ne peut s'empêcher de leur dire :

— C'est toujours bien d'essayer de nouveaux protocoles, mais enfin bon, ce type de tumeur reste aux dernières nouvelles incurable, les statistiques sont assez claires là-dessus…

Dans le silence qui s'installe, Tom demande :

— Ça veut dire quoi, incurable ?

Le professeur a posé un regard indifférent sur l'enfant et a préféré s'en aller.

En le regardant s'éloigner, drapé dans sa suffisance, Alma se dit que ce traitement ne peut pas être vain. Les vérités, la conviction… Qui a raison ? Elle en veut tellement à ceux qui, d'emblée, refusent l'espoir. Notamment les médecins. Devant eux, elle se retrouve prise de court. Ils ont la science de leur côté, les connaissances, les compétences, l'intelligence. Elle, elle n'a qu'une foutue foi vissée au corps.

La maladie de Tom lui a permis de muer, de se transformer. Un révélateur. Une épiphanie. Cela ressemble à une expérience mystique, quelque chose de solennel, de religieux, et l'idée la fait sourire malgré elle. La joie qui l'habite, sincère, entière et gratuite, a sur elle l'effet d'une pensée magique. C'est une sensation très personnelle, une ferveur nouvelle qu'elle a du mal à s'avouer, qu'elle trouve difficile à exprimer. Ce n'est peut-être que lorsque l'on est confronté à l'éventualité de la mort de son enfant que l'on comprend. Que l'on peut sentir cette force intérieure, cette puissance inexplicable au-dedans, qui va bien au-delà de la simple dévotion. Un accord parfait, un élan du cœur. Un abandon. Elle a désormais une foi sans raison, c'est une folie que rien ne contient. En elle brûle une flamme, petite et faible, vacillante par moments, mais qui, si l'on souffle dessus, enfle, se fortifie, devient feu vivant, feu ardent, éclaire, réchauffe, illumine, irradie. Cet état d'exaltation perpétuelle lui apprend à regarder la lumière autour d'elle.

À croire en l'extraordinaire, l'inattendu, tout ce qui n'est pas accessible à la raison. À s'égarer avec patience dans l'irrationnel, à chercher ce qui la dépasse, la détache du monde matériel. Croire, croire comme un nouveau-né, avec la crédulité d'un petit enfant, irraisonnablement, sans crainte, sans jugement. C'est une échappatoire salutaire qui la pousse, lui enjoint d'être certitude, affirmation. Et dans le fond de son être, elle retrouve sa petite voix qui lui intime, Ferme les yeux, vois en toi l'amour, laisse-le t'envelopper de son souffle chaud et sacré. Dans cette paix retrouvée, sois tout à la fois croyance, remède et guérison.

97

François leur rend visite à l'improviste. Il est seulement de passage, a fait un crochet pour venir les embrasser. Un petit détour de huit cents kilomètres. La surprise est si grande qu'ils en pleurent tous ensemble. Lorsqu'il l'a serrée dans ses bras, Alma s'est aussitôt sentie délestée d'un énorme poids. Il est des amitiés qui ont plus de force que toute une armée. Ellen s'est mise aux fourneaux pour leur concocter un grand dîner. Ils ont célébré leurs retrouvailles, et puis la bonne nouvelle. Ils ont même mis de la musique et ouvert une bonne bouteille. Tom semble plus présent ces derniers jours. Affaibli, mais présent. Il semble vouloir à nouveau habiter son corps, en redessiner les contours, se le réapproprier. Il est resté avec eux un petit moment, a écouté les adultes parler, tout sourire, revigoré lui aussi par cette joie palpable qui semblait avoir jusqu'ici déserté le visage de ses parents. Au dîner, il a peu mangé, mais de tout, puis a demandé à aller se coucher.

Les adultes se sont installés sur la terrasse pour finir leur verre. Ils ont laissé la musique en sourdine.

François murmure, presque pour lui-même :

— Vous êtes des fous.

— Tu aurais fait la même chose si tu avais senti le danger menacer ton enfant.

— Je veux dire, vous avez soulevé des montagnes, franchi des océans, repoussé des murailles, renchérit François avec enthousiasme. Vous avez parcouru tant de chemin. Rien de tout cela ne peut se faire sans être habité par la plus grande des folies. Vous êtes des fous ! Vous croyez tellement à la possibilité d'une rémission. Vous avez maintenant un lendemain vers lequel tendre. Mais quelle prise de risque ! Quelle mise en danger !

— C'est vrai, François, affirme Alma d'une voix qu'elle voudrait plus sûre. Je crois sincèrement et de tout mon être que Tom peut guérir. C'est mon attente la plus insensée, envers et contre tout. Et tu as raison, c'est mon espoir le plus fou.

— Et tu as bien raison de croire ! déclare François. Mais la question m'interpelle. Où va-t-on chercher l'espoir ? D'où vient cette force sacrée qui a le don d'inverser le cours des choses ? Naît-elle d'elle-même ? Est-elle écrite dans nos gênes ? La façonne-t-on à force d'espérer ?

— Grande question, de l'ordre du sacré, de l'universel. Pour moi, il est inutile de se la poser. L'essentiel est d'en ressentir la puissance. Bien sûr, je n'ai aucune certitude, ce que j'éprouve est totalement irrationnel, mais c'est comme si une conviction constante était nichée en moi et se nourrissait d'elle-même…

— Moi je dis que c'est votre obstination qui vous a poussés dans la bonne direction et vous a menés jusqu'à ce jour, intervient Ellen. C'est de là que naît l'espérance. Vous vous l'êtes fabriquée avec lenteur et patience.

— Je suis plus rationnel que vous, mes amis, déclare Philip en souriant. Ce que je crois, c'est qu'on a mis toutes les chances de notre côté. Mais rien n'est gagné. Nous devons nous méfier des faux espoirs, le traitement ne marche malheureusement pas pour tous les enfants.

— Mais il faut continuer à croire ! répond François vivement. Tu dois accepter que la guérison soit une possibilité, le miracle une éventualité.

— Assez d'accord avec François sur ce point-là, ajoute Ellen. Pour que le miracle ait lieu, encore faut-il commencer par l'espérer. Mais je comprends ta réticence, Philip. Il vous faut faire preuve de prudence, de patience.

— Tu sais, on arrive tout juste à se faire à l'idée que ça va mieux, alors rêver d'un miracle…, soupire Philip en se tournant vers Ellen. C'est difficile de garder sa motivation intacte. J'ai l'impression que l'espoir se dépose en strates serrées et que plus le temps passe, plus il faut aller creuser profondément au fond de soi pour atteindre la strate suivante.

— C'est aussi cela l'espérance, de la profondeur et de l'effort, acquiesce Alma. Il y a dans le choix de l'espérance un véritable défi, il faut le reconnaître. Je ne sais pas si je suis de taille mais cela m'importe peu. Je n'ai pas d'autre choix.

Elle marque un temps avant de poursuivre :

— Devant ce mystère, tout ce qui me dépasse, je veux croire. Croire, oui, le mot est galvaudé. Mais croire, bon

Dieu, se barricader d'espoir ! Espérer à s'en briser les os. Mettre tout son cœur dans cet effort incertain, infondé, pour terrasser ses démons, pour oser avancer. Chaque jour, retricoter l'espoir. Repousser le doute, refuser le malheur, se jeter à corps perdu dans l'espérance et ne plus jamais renoncer. C'est la seule marche à suivre, la seule option pour survivre. Ça ne sert à rien de regarder en arrière, il faut avancer coûte que coûte et tendre vers la lumière.

François doit reprendre la route. Il échange une poignée de main amicale avec Philip. Serre fort Ellen et Alma dans ses bras. Alma éprouve envers lui une gratitude infinie. Après son départ, Philip et Alma rangent les restes du dîner. Dans la maison, la radio passe une musique qu'ils apprécient particulièrement. C'est une chanson au rythme lent qu'ils écoutaient souvent quand ils se sont rencontrés, alors que, encore emplis de leur amour tout neuf, perdus dans l'effervescence de leurs sentiments, ils se mettaient sans raison, ivres de joie, à danser dans la cuisine. Émue, Alma tend la main vers Philip. Il comprend sans un mot, lui sourit en retour, l'enlace, et ils dansent, serrés l'un contre l'autre, à petits pas lents.

98

Il est des endroits dont le charme apaise et rassure. Le lac possède cette particulière beauté qui calme et modère les battements de cœur. Apprécier ses lumières, ses reflets, sa couverture de métal dansant sous le soleil, se fondre dans ce décor, c'est entrer dans une légende, une fable, un conte de fées. Tout est là qui invite au rêve, à l'imagination. Solennel, il se tait comme pour laisser parler l'intimité des cœurs.

Le jour, la lumière est toujours particulière. Elle enveloppe le paysage comme une vertu limpide et bienfaitrice. Allongée sur le ponton, Alma observe ses circonvolutions. Au-dessus d'elle, de grands arbres verts la protègent du soleil éclatant. Leur frondaison laisse passer la lumière, petits fragments dorés. Elle joue avec l'ombre du grand saule, elle la laisse danser entre ses doigts.

Le lac pétille sous l'effet de l'astre. Il joue tranquillement avec son reflet luisant, happe chacun de ses rayons pour le restituer au centuple. La nature tout entière porte en elle la luminosité du lac, dans tous ses éléments. Le vent qui souffle et emporte le chant des oiseaux, des arbres et des roseaux, force l'esprit à interrompre sa course, défait la respiration oppressée. La senteur de la terre mêlée à l'eau vivante, celle des herbes brûlées par le soleil, des fruits mûris dans leurs cages de branches, s'unissent en une odeur suave. Les effluves rappellent des contrées plus lointaines, des voyages gorgés de soleil.

Même la nuit, dans ce pays où le jour refuse de s'éteindre durant la belle saison, le lac vit et vibre de mille éclats. Les couleurs sont tamisées, les formes estompées. Le coucher de soleil déteint sur les heures qui suivent. Le ciel mauve semble feint, irréel, féerique, comme s'il invitait les rêves à se tenir prêts à glisser dans le jour qui vient. La nuit n'est qu'un grand crépuscule qui ne s'arrête jamais. Tel un étui épais, l'horizon absorbe l'obscurité. Une part de ténèbres demeure, cachée dans les arbres. Ils se tiennent massifs, en ombres serrées, pour rappeler que ce n'est pas encore l'heure des vivants. Aucun bruit ne fuse, aucun mouvement ne vient troubler ces heures indolentes. Dressé sur ses membres comme un animal, le ponton à peine esquissé ne bouge pas. Et le lac immobile se contente de renvoyer dans les hauteurs les couleurs des nuées.

Dans cet été qui dure, qui n'arrête pas de durer, Alma se redresse et s'assoit sur le petit banc du ponton. Le regard perdu bien au-delà des rives, elle goûte à toutes les déclinaisons du lac, tous ses chants, ses parfums. Toutes ces petites preuves d'éternité. Elle se sent habitée d'absolu sans raison.

99

Déjà, les jours raccourcissent. Les heures du milieu de la nuit sont plus sombres aussi, sans toutefois être épaisses. L'été touche à sa fin, mais les températures n'ont toujours pas regagné les moyennes de saison. La nature déclare forfait, sèche et ratatinée. Ils vont bientôt quitter la maison rouge. Cette canicule, singulière parenthèse, va s'achever d'une façon ou d'une autre. Le temps reprendra alors son exact tempo, les journées se précipiteront, moins interminables, moins propices à la paresse, comme pour signifier l'accomplissement de l'été.

L'état de Tom s'améliore peu à peu, sans que l'on sache vraiment si c'est l'effet du nouveau médicament ou l'arrêt des précédents. Son corps se solidifie à nouveau. Assis sur la méridienne, il écoute de la musique. Il fredonne à voix basse, la main battant la mesure. Il fait plaisir à voir. Alma aime le sentir de nouveau baigné de cette fantaisie légère, subtile désinvolture de l'enfance. Il a eu faim aujourd'hui, et puis soif aussi. Elle l'a observé manger avec appétit, s'est ressourcée au contact de cet enfant qui revient, à pas lents, parmi les vivants.

Il y a dans cette histoire un apprentissage qui dépasse tous les autres. Celui de la confiance. Ce n'est pas chose aisée, Alma en convient. Elle s'accroche désormais à la conviction inébranlable que la vie ne peut se résumer qu'à l'épreuve. L'espoir apparaît comme une fenêtre sur un ciel bleu, pur, immaculé. Il devient une seconde nature dont les limites se repoussent à l'infini. Alma s'autorise presque à imaginer son fils dans quelques années, adolescent, la voix qui mue, le corps dégingandé. Quand elle y pense, ses émotions sont comme des ressorts comprimés qui, une fois actionnés, libèrent une force considérable. Chaque pensée est déformée, amplifiée. Aucune ne semble désormais pouvoir rester tempérée, modérée. Mais elle essaie de rester lucide. Il lui arrive encore souvent de s'empêcher de rêver. Même si elle se sent moins contrainte, elle appréhende chaque moment de répit. Elle craint qu'ils ne soient que provisoires et redoute l'instant où la situation va de nouveau aller de travers. Rien dans la vie ne parle jamais d'immuabilité. Parfois, les émotions sont trop fortes, elle pense aussi au pire, et son humeur s'aigrit. Alors elle est indulgente avec elle-même, elle s'octroie le droit d'être mal, en colère ou vidée, tous les jours si besoin et, s'il le faut, pendant des années. Un jour avec, un jour sans. Elle apprend à jongler.

Ce qu'elle a enduré jusqu'ici n'est possible que pour une seule raison. Parce que Tom est son fils, parce qu'elle est sa mère, qu'elle l'aime inconditionnellement et qu'il l'aime en retour. Il y a, malgré la maladie, toujours de la place pour cet attachement indissoluble. Elle sourit intérieurement. Il paraît que le cancer du cœur n'existe pas. Est-ce parce que l'attachement s'y loge ? L'amour serait-il le remède unique et universel ?

Si on lui avait dit ce qu'elle aurait à vivre. Elle ne s'en serait jamais crue capable. Le plus dur peut-être, c'est d'accepter le bouleversement que la maladie exige. Ce bouleversement qu'il faudrait pourtant choyer, chérir comme un cadeau. Accepter cet arrêt net dans la course du temps. Ne plus avoir de repères, de routine, de ligne directive. Tout ce chambardement dans les habitudes, ce cataclysme qui révolutionne les projets, modifie les points de vue, inverse les idées reçues. Malheureusement, il n'y a pas de mode d'emploi pour apprendre à se défaire de ses rêves, à en quitter la rive.

Dans ces moments-là, se dit-elle, il faut apprécier l'amour qui nous est donné et celui que l'on offre. Il faut accepter d'en voir la beauté. C'est un cadeau inestimable, que celui de prendre conscience de la valeur des choses. Et le reste vient tout seul. Rebondir. Respirer. Ressentir. Remercier. Pardonner. Se consacrer à ce qui en vaut la peine. Déposer les armes. S'apaiser et tendre les mains, paumes vers le ciel. Réinventer la vie. Réinviter la joie et la lumière.

100

Comme il ne passe plus son temps à lire ou à étudier, Philip vit dehors, s'occupe du jardin, de la maison, les mains actives, la tête vide. Il lui faut toujours faire quelque chose, il ne parvient pas à se poser. Il s'en est pris à la barrière, a décidé de la réparer. Alma le rejoint derrière la maison. Il a arraché les lames abîmées et s'apprête à en clouer de nouvelles. Il est concentré sur sa tâche, ne l'entend pas arriver. Elle l'observe, voit dans ses gestes une raideur et une brutalité qu'elle ne lui connaissait pas. Elle sent qu'il résiste. Elle se demande ce qui peut bien l'aider, lui, à tenir, malgré l'inquiétude. Elle voudrait lui insuffler un peu de cet élan qui l'anime. Elle s'approche en douceur, se glisse entre ses bras, désigne la barrière d'un geste du menton :

— Tu m'as l'air d'avoir trouvé une saine occupation.

— Ça m'évite de trop penser. De me demander si ce médicament fait effet ou pas. J'appréhende le prochain rendez-vous avec les médecins.

— Regarde ton fils, là-bas. Regarde comme il va mieux. Pour l'instant, on peut dire que l'état de Tom s'améliore. Ne veux-tu pas te fier à ce que tu vois ?

— Je préfère garder les pieds sur terre, rester sur le qui-vive, me préparer au pire. Je n'ai pas envie de me bercer d'illusions. La blessure n'en serait que plus vive.

— Mais imagine que tout fonctionne comme nous l'espérons. Ou même, mieux, accorde-toi cette possibilité, imagine que Tom puisse s'en sortir complètement…

— On ne peut pas guérir Tom avec des vœux pieux, Alma. Attendons de voir ce que les images disent. Là, on avisera.

— Je préfère me convaincre qu'il est en train de guérir. J'ai bien le droit d'espérer, non ? Pourquoi toujours se réfugier derrière des faits, du concret ?

Philip semble contrarié mais il ne s'énerve pas. Il s'écarte d'elle pour pousser du pied un outil et rétorque, un peu sèchement :

— Tu voudrais que je me détende, que je me laisse aller ? Je ne vois pas en quoi cela faciliterait les choses. Il n'y a qu'un pas à faire pour perdre le contrôle…

— Ça sert à quoi, de tout vouloir maîtriser ? Tu n'auras jamais prise sur les hasards de la vie !

— Je le sais bien, Alma. C'est pour cela que j'ai besoin de me raccrocher à ce qui est. Il est tellement facile de s'aveugler.

— Eh bien, regarde aussi derrière toi ! Tout ce par quoi nous sommes passés ! Cela ne te donne pas une raison d'avoir confiance ?

— Cela ne suffit pas. J'ai bien trop peur pour ça. S'il s'avère que le traitement ne marche pas, je ne pourrais pas le supporter.

Alma lui saisit les mains et lui dit avec conviction :

— Le bonheur est une posture, Philip. L'espoir, une intention. Tu peux décider d'en être à l'origine, de te l'approprier. Chaque minute de ta vie, chaque seconde t'appartient. Le choix te revient. Tu as le droit d'avoir de grands espoirs, d'aller au-delà des limites qui te sont imposées. De déprogrammer ta peur pour t'en libérer. Alors tout prend sa place. Sans connaître le but, sans avoir tous les détails, tu peux avancer face à l'incertitude et non plus naviguer à vue. Tu deviens partie prenante. Tu n'as plus à t'inquiéter à l'excès. À te sentir englué dans la détresse. Tu peux décider d'incarner la vie que tu désires avec ce qui t'est donné. Te réjouir de ce qui arrive. Être reconnaissant pour le chemin parcouru. Te concentrer sur le positif, le beau, l'admirable. Envisager l'avenir, laisser la place au miraculeux.

— Ce n'est pas aussi simple que ça, malheureusement, tu ne crois pas ?

101

L'orage approche. Au loin, les nuages s'amoncellent, noirs et menaçants, formant une ombre qui monte lentement, inexorable, comme une marée intransigeante. Le silence du lac est brisé par le grondement sourd du tonnerre. Les oiseaux trouvent refuge dans les roseaux du rivage et s'y maintiennent cachés avec leurs petits. Le vent s'est levé soudain, soufflant au ras du lac qui se brouille instantanément. Il fait frémir les feuilles des peupliers qui s'agitent et bruissent pour annoncer la pluie. D'innombrables rides courent sur l'étendue d'eau et lui font comme une peau qui tremble. La lumière s'est éteinte, obscurcissant d'un coup la surface troublée. Tout le paysage se retrouve plongé dans la pénombre. Soudain le lac vole en éclats, se brisant en une multitude de morceaux de verre sous la pluie.

Alma se tient sur le ponton. Elle a senti l'orage venir, elle avait espéré qu'il n'éclaterait pas aussi vite. Ou bien avait-elle inconsciemment voulu se trouver là à ce moment précis ? Elle tend son visage vers les nuages qui accourent, attend la piqûre des gouttes qui viennent s'y écraser, exigeant une douleur pareille à celle qui la frappe déjà à l'intérieur, ces mille petites aiguilles qui perforent son cœur en permanence. Elle se réjouit secrètement de ce que la tranquillité du lac, son calme et sa langueur, puissent, eux aussi, sous l'assaut du ciel en rage, se trouver dévastés.

Alma pense que le terme cancer affole à juste titre. Il tombe souvent comme un couperet, une sanction immédiate. Il signifie maladie souvent mortelle, combat perdu d'avance. Mais comme la vie, ni plus ni moins. Elle se raccroche à l'idée qu'on peut vivre avec un cancer, parfois, et même un bon nombre d'années, et même pas si mal. On n'est pas obligé d'en crever. On peut essayer d'apprendre à faire avec. On peut partir en rémission comme on partirait en guerre ou en voyage. On peut en guérir, aussi. Alors oui, ce serait mieux de vivre sans devoir lutter contre son propre corps, oui, ce serait plus facile de ne pas avoir à souffrir ou à avoir peur. La maladie est là pour nous rappeler qu'on est tombé sur cette terre par hasard, rien n'est vraiment calculé. On a prise sur si peu de choses, à part peut-être l'amour qu'on a envie de donner. Un beau matin, on comprend. On entend une petite voix qui dit Ma foi, tout cela n'est pas si grave. On apprend l'humilité.

Alma se jette à l'eau. Rien n'est figé, tout est mouvance. L'eau du lac, les nuages, la peine, la peur, les pleurs. Il y a bien un moment où tout se met à muer. Ce peut être aussi lent que l'arrivée des beaux jours au printemps, ce peut être aussi fulgurant qu'un orage d'été. Mais une chose est sûre, les jours filent et les choses changent. On est pris dans la course de la vie. On peut saisir sa chance, bien sûr. Sinon, il y a des circonstances, des bonnes et des mauvaises, il n'y a rien à faire. On subit, c'est tout. On subit, et puis le temps passe et efface.

102

La valise d'Ellen est prête. Depuis l'orage, l'été a pris du plomb dans l'aile. Il fait uniformément gris, et les températures ont chuté. Philip a même prévu de faire un feu dans la cheminée. Dans la région, il n'y a pas de demi-mesure dans le changement des saisons. Ellen serre très fort Tom dans ses bras, lui murmure des mots secrets par eux seuls partagés, l'enfant s'accroche à son cou, ne veut pas laisser cette femme qui l'aime le quitter. Puis elle embrasse Philip. Alma l'accompagne jusqu'à la voiture. Les deux femmes se regardent avec émotion. Ellen est surprise par l'apparence de sa sœur. Alma semble avoir changé, physiquement. Si l'inquiétude a marqué ses traits, les a creusés, presque durcis, elle les a également rendus plus harmonieux. Son regard clair s'est assombri d'une certaine mélancolie. Toute cette histoire lui donne du poids, de l'épaisseur, teinte sa parole, ses actions, d'une aura presque palpable. Il y a dorénavant dans tout son être quelque chose d'indéfinissable, comme une forme de maturité, une complétion intime qui rayonne en permanence.

Alma s'approche et prend Ellen dans ses bras, l'étreint longuement.

— Il y en a, des miracles sur notre chemin, une accumulation de signes, autant de petits cailloux blancs. Toutes ces mains tendues. La présence de chacun. De quoi tenir pour avancer un peu plus. Merci. Merci d'être venue.

— Arrête, tu vas me faire pleurer. J'ai été heureuse d'être là.

— Ma chère sœur, ma chère petite sœur chérie.

Alma et Ellen s'arrêtent là, ne se disent pas les mots qui leur viennent, par pudeur, par gêne, se contentent de sourire. Il y a peut-être beaucoup de choses qui mériteraient d'être exprimées, mais finalement rien qui en vaille vraiment la peine. Elles se taisent encore une fois, passent sous silence leurs émotions. Elles ignorent le pouvoir de ces mots qui sauvent. Au moment d'un diagnostic. Dans la douleur exprimée. Dans la peine soulagée. Dans le réconfort donné. Les mots et leur puissance. Dans l'annonce d'un cataclysme, dans le fracas d'un pronostic. Dans l'espoir même le plus illusoire, dans la conviction intime, dans la guérison possible. Dans l'amour sans contrepartie. Dans la détresse partagée. L'immense pouvoir des mots. Ni l'une ni l'autre n'ont appris à les dire. En ont-elles vraiment besoin ? Le lien distendu de leur enfance s'est resserré. Elles savent qu'elles sont plus proches aujourd'hui qu'elles ne l'ont jamais été.

Ellen murmure :

— Laisse-moi partir, sinon je risque de vous adopter pour l'éternité.

— Tu sais que Tom est à toi quand tu veux. Le sang qu'il a dans les veines t'est familier. Et puis, adopter… Mais en voilà une bonne idée !

Ellen regarde sa sœur, un peu surprise, s'apprête à rétorquer puis sourit intérieurement. Il ne faut jamais supposer ce que les gens pensent ou savent à notre sujet. On est parfois tellement surpris par les non-dits.

Après une dernière embrassade, Ellen s'en va. Longtemps, Alma continuera à se sentir emplie de sa présence. Elle pensera alors que le vrai miracle, c'est de prendre une petite sœur dans ses bras pour la première fois. C'est aller de l'avant, trouver la force de se renouveler malgré la peine et les blessures vives. C'est savoir qu'il y a des après, des jours suivants, des jours heureux. C'est un état de grâce, une ouverture, une échappée. Et c'est rendu possible par l'amour que l'on nous tend.

103

Philip et Alma ont pris soin de vider le frigo, défaire les lits, ranger les draps propres, rentrer le mobilier de jardin. La pluie a lavé les feuilles jaunies et grillées, nettoyé la canicule, chassé l'été. Ils quittent la maison rouge à reculons, à regret. Tom est assis à l'arrière de la voiture. Dans le rétroviseur, Alma l'observe. Il regarde par la fenêtre, l'air ailleurs, l'air absent. Il ne se rend compte de rien, perdu qu'il est dans ses pensées qui ont malgré tout gardé la couleur de ses rêves d'enfant.

Alma ferme les yeux très fort. L'émotion la prend à la gorge. Le docteur Feuer les a appelés. Il est resté très modéré, a choisi ses termes avec soin et minutie. La dernière IRM montre une augmentation de la tumeur de Tom. Il leur a expliqué :

— Il ne faut pas encore s'alarmer. Il est trop tôt pour interpréter cette image. Il peut s'agir d'une pseudo-progression. Nous allons poursuivre le traitement. Le prochain examen sera plus parlant. Et puis, il faut laisser du temps au médicament. N'oubliez pas, Tom se porte mieux, ses symptômes se sont estompés, sa qualité de vie s'en trouve améliorée, c'est ce que nous voulions en priorité.

Alma résiste à l'effondrement. Elle avale difficilement sa salive. Elle pense que les mots sont traîtres lorsqu'on attend l'espoir et que ne vient rien d'autre qu'une agonie supplémentaire. Dans le soleil déclinant, sur la route de fin d'été, la tension dissipée de ces derniers jours est revenue d'un coup, et l'assurance toute neuve d'Alma s'écroule. Elle ressent le vertige d'avoir trop cru. La lassitude, la tristesse la terrassent. Elle sent qu'elle flanche, elle reconnaît les signes maintenant. Elle s'affaisse au-dedans. Rien ne bouge à l'extérieur, elle semble calme et impassible, mais elle n'est plus qu'un éboulis intérieur, sans structure, sans mur. Dans le rétroviseur, si l'enfant la regardait, il verrait maintenant le menton de sa mère se mettre à trembler, les commissures des lèvres s'étirer vers le bas, les traits fondre sous l'effet du chagrin, les larmes trop lourdes s'amonceler au bord de ses paupières puis rouler sur ses joues, sans bruit, sans discontinuer. Elle se sent si petite, perdue dans cette vie en pleine mue, au cœur de ce voyage interminable au pays des enfants malades et de leurs rêves brisés.

Il s'est déjà passé tant de choses depuis le diagnostic. Durant les jours emplis de soleil de cette saison exceptionnelle, elle a côtoyé la grâce de son fils, la persévérance de Philip et sa propre vulnérabilité. Cet été lui a paru durer des siècles. Pourtant, un été, quelques mois, qu'est-ce que c'est ? Elle voudrait toujours rester concentrée sur l'essentiel. Avoir assez mûri pour rester focalisée, savoir ce qu'elle doit faire pour aider Tom. Elle ne cherche pas le soulagement, c'est encore trop tôt, mais voudrait pouvoir rester encore un peu dans le moelleux de l'espoir.

L'enfant, derrière elle, est assis comme un sphynx au calme olympien, solide comme un roc, immuable et imposant. On dirait que tout son corps se concentre sur son effort de guérison. Il se dégage de lui une telle puissance de vie, un tel désir de grandir que rien ne peut dénaturer. Il semble être affranchi de toute appréhension, calme, confiant, habité du divin. C'est une montagne inébranlable. Alma se sent si petite à côté de lui. Elle se savait en sursis, la voici précipice, plongeant de nouveau dans l'abîme. Elle sait bien qu'elle n'a pas le choix. Elle s'accroche à la légèreté de ce gamin si touchant. Il lui faut mettre ses pas dans ceux de son fils, il lui faut emprunter le même chemin que lui. Il a l'assurance de ceux qui accomplissent leur destin en silence.

104

L'été touche à sa fin. Est-ce le même ? Est-ce l'année suivante, l'année encore d'après ? Les jours deviennent de plus en plus courts. Il fait encore bon, mais le soleil n'a plus la même vigueur, on le sent fatigué, affaibli. La végétation qui n'en peut plus d'avoir grandi si vite, d'avoir vécu si intensément, doucement va se laisser flétrir, épuisée d'avoir tant donné.

Alma revient parfois au ponton. Le cours des saisons a repris sa longue et monotone allure. Les jours ont décliné, les températures ont chuté après les premiers jours de pluie. Le vent s'élance en sifflant sur le dos du lac, emportant avec lui les feuilles flétries et les oiseaux de passage. Les matins un peu brumeux s'accompagnent dorénavant de températures fraîches. L'eau est maintenant trop froide, il faut se faire violence pour se glisser dans son lit fluide et bleu. Le lac n'est plus qu'une aire de jeux abandonnée. Les enfants ne viennent plus s'ébrouer dans les flots. Les sportifs sont les plus téméraires. Ils enchaînent les traversées rapides et musclées, mais ne s'attardent pas pour admirer la placidité du lac et la beauté de son rivage. Le ponton se tient esseulé sur ses pattes de bois. Le soleil l'arrose encore généreusement, mais ce sont les derniers rayons avant l'arrivée des matins frileux. L'automne viendra bientôt colorer les rives de feu.

Alma s'assoit sur le banc encore tiède. La peinture a passé au fil des ans, blanchie par le soleil, écaillée par endroits. Elle passe sa main sur le bois qui se laisse faire en susurrant. Elle tend son visage vers le ciel et ferme les yeux. Elle sent alors la présence aérienne de l'enfant. Du haut de sa petite taille, il la regarde avec indulgence. Son ombre danse et ondule, parfois la soustrait aux rayons chauds. La lumière tout autour est si douce. Le lac porte en lui une odeur de fruit mûr. Alma se laisse aller, se perd dans ses pensées, écoute la chanson du lac et le souffle du vent. Alors l'enfant vient déposer un baiser sur son front.

Remerciements

Merci à Philippe Labro, président du jury, ainsi qu'à l'ensemble des jurés d'avoir cru en ce manuscrit en lui décernant le Prix révélation littéraire Matmut.

Merci à Dorothée Cunéo de m'avoir ouvert les portes de la maison d'édition Denoël.

Merci à Marguerite de Bengy de m'avoir guidée, éclairée et patiemment conseillée, avec tact et élégance.

Merci à mes compagnons de plume et tout premiers lecteurs : Anne et Mathieu qui m'ont prêté leurs yeux attentifs au moment où cette histoire prenait forme, Karin qui m'a encouragée avec méthode et sensibilité, et Camille qui m'a lue et relue en me faisant part de ses observations et de son irrésistible enthousiasme. Je vous dois à tous un peu de ce roman.

Merci à Långsjön, parenthèse bleue vers laquelle mes pas reviennent inlassablement.

Ma gratitude la plus sincère envers ceux qui m'ont inspiré ces pages. Tout spécialement ceux qui sont passés par là et qui, aujourd'hui encore, vivent en côtoyant la maladie. Je pense à vous si souvent. Je veux porter votre voix, celle de vos enfants.

Merci à Fabrice, pour sa présence indispensable, toujours et tout le temps.

Merci à Lucie, pour son sourire de feu et ses larmes de joie.

Merci à Anatole, il sait pourquoi.

Composition : Utibi.
Achevé d'imprimer par Grafica Veneta S.p.A.
à Trebaseleghe (Pd).
Dépôt légal : mai 2021.

ISBN 978-2-207-16287-3 / Imprimé en Italie.

377905